大師們的小說課

經典外國小說的讀法與寫法

Novel Writing Classes from Masters

馮偉才　著

Saul Bellow

William Faulkner

John
Maxwe
Coetzee

大江健三郎

Günter
Wilhelm
Grass

Patrick

Fyodor Dostoevsky

Mila

José Saramago

Gabriel
Garcia
Marquez

Sylvia Plath

Toni Morrison

Italo Calvino

ndiana

Virginia Woolf

Alice Munro

undera

Doris Lessing

目錄 *Contents*

前言——
大師們給我上的小説課

我讀小説的經驗

從年青時期接觸文學開始，我就是一個「小説迷」。由童年讀的民間通俗文學《倫文敍三戲柳先開》，到西方的《亞森羅蘋探案》、《福爾摩斯探案》，到成年之後讀的東西方文學作品，大部份都是小説類。上世紀六十年代末期看了巴金、魯迅等現代文學作家的小説，便「一發不可收拾」，把《中國新文學大系》及其《續編》（香港出版）都看了，對二三十年代新文學發軔時期的小説創作有了一個基本的認識。

那是我「半工半讀」的時期，一邊打工，一邊「遊走」於港九各類型圖書館。除了公共圖書館，國民黨的中山圖書館和窩打老道的一家忘記名字的私人圖書館，我都有過借書證。本書＜托斯妥耶夫斯基小説中的大愛精神＞開頭説；

> 我是從魯迅的文章中首先認識托氏的。讀了魯迅的《窮人》小引，我便迫不及待地去看他的小説。然後是《被侮辱與被損害者》，《白夜》，《死屋手記》，《罪與罰》，《白

癡》，《卡拉馬助夫兄弟》，《附魔者》……等等。總之，能找到他的書的地方，我都去遍了。當時買新書太貴，主要是去舊書店買，找不到就去圖書館借。當時大會堂托斯妥耶夫斯基著作英文版，我借了一次又一次，那段時期，可說是我的托斯妥耶夫斯基歲月。

當年為了看托氏的書（中譯本和英譯本），我跑遍了港九不同類型的圖書館，耿濟之翻譯的《死屋手記》就是從當年國民黨的中山圖館借來，而《罪與罰》等英譯本則在大會堂借的。那時候看的外國作品，還包括《約翰克裏斯朵夫》，《堂吉訶德》以及莫泊桑，屠格列夫，巴爾箚克，契訶夫等歐洲作家的長短篇。尤其是羅曼羅蘭的《約翰克裏斯朵夫》，可說是我的寫作啟蒙書。傅雷的譯文，是一種不露痕跡的翻譯，其文字的優美令我終生受益，而小說的勵志成分卻不斷的鼓舞著我前進。還有莫泊桑那種觀察入微的人世滄桑，契訶夫冷峻筆觸下的溫情，都讓我過早地有種看透人生的感覺。

那個年代（七十年代初），香港還有美國圖書館和英國文化協會圖書館，都供讀者外借。我在本書談論馬爾克斯的文章中說：

　　二十世紀七十年代初，當時二十出頭，由於在中環工作，而且常常要外出，因此中環的美國圖書館和英國文化協會是我平時流連最多的地方。在美國圖書館，我生吞活剝地看了許多當代（四十至七十年代）美國作家的作品，如海明威、福克納、貝羅、辛格、奧茨等（有部份為今日世界的中文翻譯本）。在英國文化協會的圖書館，又讓我接觸了一直十分喜歡的 Virginia Woolf 和她同時代的一些英國當代詩人作品。而透過兩間圖書館的文學雜誌，我又接觸了大量的美國文學以外的歐洲作家和拉美作家的作品。

　　我對歐美文學和拉丁美洲文學的興趣，就是從那時開始的。本書討論的大部份外國作家的作品，都是那段時期首先接觸的。我還記得在美國圖書館初讀索爾·貝婁作品的英文和翻譯本的震撼。（中譯本當時有今日世界的《擺盪的人》和《何索》，劉紹銘譯，後來大陸譯本是《赫索格》。）在美國圖書館，透過一些最新出版的當代作家評論集，除上面那些作家的小說作品，我還看了福克納及其他一些美國作家的傳記及評論。當年美國圖書館有大量的美國出版的文學雜誌，《巴黎評論》的作家訪問，《今日世界文學》（*World Literature Today*）的東歐和拉美文學專輯，讓我大開眼界。記得我的美國圖書館的借書證，每次都是還了又借，從不間斷。在英國文化協會圖書館，看的是喬伊斯，艾略特和

吳爾芙等人的作品。喬伊斯英文版《尤利西斯》實在沒有能力讀完（後來才看了中譯本），但評論倒看了一些，並且十分佩服其開創的勇氣。吳爾芙看的比較多，我當時把她視為我的文學女神，除了她的小說，她幾本日記都選擇性地看了一部份。

上世紀七十年代也是臺灣書在香港的黃金時期。臺灣的新潮文庫大量名著翻譯湧來香港。後來又加上遠景出版社的。兩家出版社除了冒名翻版一些原在大陸出版的外國文學翻譯本，也請臺灣和外地譯者翻譯一些名著。像法國普魯斯特的《往事追憶錄》和德國的《錫鼓》（大陸由德文譯作《鐵皮鼓》）等，當然還有沙特，卡繆，卡夫卡和川端康城，芥川龍之介，三島由紀夫⋯⋯等等。

那時候，我的其中一個志向是當小說家。

小說讀多了，便躍躍欲試。七十年代中期，受了存在主義思潮的影響，寫了一個關於生存意義的短篇，寄給了《星島日報》副刊主編輯何錦玲，想不到很快便登了出來。但那時的興趣卻是話劇，既參加業餘劇

社，也寫劇評，而對評論的興趣更大，小説創作就丟在一邊了。雖然後來劉以鬯編的《快報》副刊徵短篇小説，我投了四篇過去都刊登了。也在《東方日報》副刊和《星島日報》副刊寫過連載幾天的短篇小説，但都是以賺稿費的心態寫，並沒有認真的經營。原因也許是小説看多了，覺得寫起來也不是難事，但要認真寫出傑作，還要費不少功夫，而我這個人比較急進，心想，還是假以時日吧。

因為喜歡看小説，在七十年代中期還與一群朋友不自量力地去編一本香港小説選，那就是《香港短篇小説選——五十年代至六十年代》。這本書雖在七十年代末編完，卻因為沒有資金，要到幾年後才由編輯們合資出版。所幸我們選的一些小説，大部份作品今天已成香港文學的經典。八十年代三聯書店要編年度香港短篇小説選，由我開了頭，先後編了《香港短篇小説選(1984-85)》和《香港短篇小説選〔1986-89)》兩冊（其後黎海華，許子東等繼續編下去）。在三聯版的小説選中，我對如何界定香港文學作家作品定出了一些範圍。雖然後來有人提出過一些異議，但大概看法也差不多。九十年代天地圖書在藝術發展局的資助下，組織編輯隊伍，編選從五十年代至九十年代差不多近五十年的香港小説作品集，我負責的是七十年代部份。

交待上面的流水帳，主要是想說明，本書的出版其實是我對所細讀過的一些小說經典的致敬。沒有那些經典引導，我對一篇好小說的要求和看法就沒有一個可靠的準則。而積累了那麼多閱讀小說的經驗，加上各種各樣的文學評論書刊，我自己形成了一種對好小說的期望：對人生有所啟發，作者有其獨特的視野（vision），敘事技巧（form）與內容 (content) 融為一體，通過小說理解作者自身的存在意識——他／她如何看世界，世情，社會，人生等等。簡單地說，對於我，已不是為了消閒而看小說，而是為了提高自己的人生境；是有點把小說創作當成哲學和文化研究的文本了。

因此，讀者可以從本書所討論的小說家及其作品中，看到我是如何演繹他／她們的世界觀和人生觀的，而在演繹的過程中，我又是如何把作者和作品的關係混成一體，走進作者的內心世界。

從觀摩學習小說寫作技巧

在學校教寫作課時，我開頭總是說：寫作是沒法教的，一定要你多

看，儘量的多看，如果你喜歡小說，就要多看好作品，從好作品中學習。

所謂好作品，當然有不同的層次。但那些經過數十至一百年仍然被視為楷模的經典作品，自有其可資學習之處。說到寫作能不能教，我的說法無疑比較極端。教自然能教，但一定要找九十至一百分的作品來教。所以，我在課堂上，除了香港文學作品外，本書所寫的部份作家的作品，也是教材。在嶺南大學碩士班的文學批評課，以及社區學院的寫作課中，我就選過托斯妥耶夫斯基、福克納、吳爾芙、卡爾維諾、普拉斯、庫切等人的作品作教材。我常常說，從一百分的作品中去學習，即使學到七成，也有七十分，但如果從七十分的作品學習，學到七成，便只有四十九分。而且，向低水準的學習，你永遠看不到高山，也就不知道小說寫作能達到怎樣的高度。

討論萊辛的《金色筆記》時，我在前面加了一段話：

到了二十一世紀的今天，基本上沒有甚麼小說創作形式是沒被嘗試過的。由傳統的自然主義和現實主義，現代主義到意識流、新小說，再到後現代主義的後設小說／元小說（metafiction），我們能想到的

小說形式，都曾經出現過。當然，那些小說家每一次新的嘗試，都會受到文壇的重視和談論，像福樓拜的心理刻劃和內心獨白，喬伊斯和吳爾芙的意識流，羅布‧格里耶（Alain Robbe-Grillet, 1922 － 2008）的新小說，及約翰‧巴斯（John Barth, 1930 －）和多麗絲‧萊辛（Doris Lessing，1919 － 2013）的後設小說等等——當然還有各種實驗性強的作品，但名氣沒有前面幾位大家所受到的重視。

所以，小說創作的技巧除了一些傳統的寫作方法，例如故事，結構，人物等等，便餘下觀摩一途。而從觀摩中學習，首先是要看懂作者用的是甚麼技巧，其敘事角度和結構如何跟作者想表達的意念作有機的配合。無論你是讀者或作者，首先要有一個開放的心靈接受前人作品的好與壞的表達方式。

小說作為一種寫作形式，在西方文學界可以追溯到荷馬，柏拉圖，或更早的時期，而在中國，根據今天對小說形式的定義，詩經不一定是詩，也可能有部份是小說創作。所以，千百年來許多小說作者都在形式上力求突破，於是就有了上面提到的各種小說形式的界定。

　　然而，形式並不是小說寫作者的唯一追求，一些不斷嘗試新形式的小說家，有時會被批評為形式主義者；會被認為太注重形式而掩蓋了空無一物的內容。中國新文學開創期，便主張過為人生而文學的創作口號，到左翼的批判現實主義當道的年代，形式先行更會被視為不關心社會、漠視民生疾苦的逃兵。因此，二十世紀大陸和臺灣的華文小說創作也是論爭最多的時代。在民國和共產黨時期的大陸，以及四九年後的臺灣，華文小說創作就經歷了寫甚麼和怎麼寫的多場爭論。中華人民共和國成立之後，由於政治和意識形態掛帥，在極左時期對寫甚麼和怎麼寫都提出過社會主義式的要求。在臺灣，七十年代末期至八十年代也經歷過現代主義與現實主義的論爭。而在香港，五十年代至八十年代，奉形式主義為圭臬的新批評曾經是香港批評主流，雖然這三十多年引入了結構主義，後現代主義，後殖民主義等由文化研究過渡來的批評理論，但新批評仍佔主導。所有上述的創作主張和爭論，在在影響了小說作者的作品成績和評價。然而，雖然因為評價潮流的不同，好與壞的小說總是永遠說不清，但整體評價一部小說的成就，仍有其一定法度。

　　其實，外國作家雖然不像二十世紀華文作家那樣受到政治的直接影響，但是評價也會因應時代風尚而有所不同。福克納的《喧嘩

與騷動》一九二九年在美國出版時困難重重，出版後不少評論都說看不懂。只是到了出法國版，經過薩特的長篇品評，美國文壇才接受它，並給與高度評價。托斯妥耶夫斯基的作品在俄國和蘇聯時代也受到好與壞的評價，例如在蘇聯時期批評其思想的保守。在西方國家，其文風和宗教色彩也有過一些爭議。但是到今天，所有的爭議都被一個評論家一錘定音了。那個評論家就是巴赫金（Mikhail Bakhtin 1895-1975），他的《托斯妥耶夫斯基的詩學問題》，把研究托氏作品的境界帶上一個新高度。之前有些評論家認為，托斯妥耶夫斯基的小說太囉唆，作者描述的部份也太冗贅，但其作品的內含和思想性卻是令人敬仰的。巴赫金用了音樂上的複調理論，解釋托氏作品的敘事風格，並研究出關於小說技巧的對話理論，作為詳細地分析托氏作品在敘事方面的成就。此後，托氏小說被某些批評家視為缺點的地方，變作了分析對話理論的最佳例子。這或可以說明，好的小說並不是每個讀者都能懂的，評論家的介紹和分析，是十分重要的一環。

那麼？如何寫出一篇好小說呢？關於小說的技巧，坊間已有不少教人寫作的書，整體來說，都是集中講一下如何描寫人物，故事情節的邏

輯，以及敘事架構等等。至於小說的內涵，或者說思想性，卻是沒人能教的。本書中討論吳爾芙的《到燈塔去》和福克納的《喧嘩與騷動》時，我特地從技巧和內容的結合上入手，解釋意識流的技巧如何服務於小說主題和內容。意識流小說主要描寫主角的內心世界——無論他們是好人還是壞人，是開放的或是自我封閉的，都是作者透過其意識流動中的思絮告訴讀者一些資訊，他們並不是要引起讀者的共鳴，而是作者借用角色的內心感受來發展故事的進程。其餘的作品，我也嘗試以深入淺出的文字和淺白易懂的評論，讓讀者領會其中的精粹。例如在談到薩拉馬戈的小說《盲目》時，點出了作者為甚麼把醫生太太設計成唯一沒失去視力的用意。而故事內容和技巧因為這個人物的存在，能夠發揮作者對失去秩序和極權的社會的看法，同時引證了作者的思想意識與世界觀。

本書的文章曾發表於不同的文學刊物上，例如《香港文學》，《城市文藝》，《阡陌》等。開初興起寫經典導讀的念頭，源於二○○五年在《香港文學》上開的一個「經典重遊」的專欄。本書寫貝婁和普拉斯的文章，就發表在那裏。後來事忙，專欄沒有繼續，到《阡陌》出版，主編黎海華希望用深入淺出的方法向讀者介紹一些外國經典文學作品，我便繼續用隨筆式的風格介紹一些我喜歡的作家與作品。其間也在《城

市文藝》上寫了〈恥辱〉和〈到燈塔去〉等。

　　我不大喜歡寫學院式的文學評論，而傾向於用說書人的方式向讀者娓娓道來，讓讀者透過淺白易懂的文字進入經典，遊走於頂級作家筆下的思想與感情世界。我常常想，要推廣文學創作和閱讀，過於艱深的學院式評論一般讀者不一定願意看，所以多年來都以深入淺出的文字來介紹一些內容深刻的作品，希望即使只有中學程度的讀者，都能看懂小說中的智慧和人間世。

　　為甚麼呢？因為我自己也是這樣走過來的，因此希望這本書也做到這一點，除了大學生及愛好文學的年輕人，也能讓喜歡閱讀和寫作的中學生領略大師們的小說世界。

Saul Bellow

William Faulkner

John
Maxwe
Coetzee

大江健三郎

Günter
Wilhelm
Grass

Patrick

Fyodor Dostoevsky

Mila

José Saramago

Gabriel
Garcia
Marque

Sylvia Plath

Toni Morrison

Italo Calvino

adiana

Virginia Woolf

Alice Munro

undera

Doris Lessing

美國作家福克納：
把意識流融入人物的內心世界

William Faulkner

1949 年諾貝爾文學獎得主

在介紹外國經典文學作品的計劃中，福克納（William Faulkner, 1897-1962）的《喧嘩與騷動》（*The Sound and the Fury*，臺灣譯作《聲音與憤怒》，一直在名單中，是我最早看的志文出版社譯本）。遲遲沒有寫它，是因為他的這本小說過於複雜，怕在有限的篇幅內不能詳細介紹其精粹。近年因為教寫作課的關係，都會以這部小說作為意識流技巧的範本。雖然我知道學生不一定會看完整本小說，但能讓他們涉獵到這樣一本技巧高超的名著，對小說技法的學習不無幫助。

今天所以介紹《喧嘩與騷動》，是因為最近重讀福克納的傳記和作品，興起了寫小說的念頭，所以順便透過這部小說寫作技藝的分析，探討一下小說寫作的藝術。

討論福克納的作品，總是難免牽涉到現代小說的技法和藝術。詹姆斯‧喬伊斯（James Joyce, 1882-1941）和維珍尼亞‧吳爾夫（Virginia Woolf, 1882-1941）的意識流技巧，讓福克納由寫實主義進入現代主義創作之林。年輕時一直醉心於文學寫作的福克納，由筆記散文，詩歌到小說，都在努力嘗試找出一種福克納風格。不同於海明威的簡潔明快，

福克納則透過不同人物的內心世界刻意地展示文學語言的藝術。（兩人的敵對風格也造成了兩派讀者的對立。）

　　福克納是美國南方文學的代表人物，在後面介紹的諾貝爾文學獎得主，以描寫黑人內心世界為主的莫里森，就被稱為福克納的繼承者。福克納在美國南方密西西比州一個沒落的莊園出生和成長，高中沒讀完便輟學。他曾在第一次世界大戰時服過兵役，復員後常常以此自豪，整日穿著軍服穿街過巷，四處宣揚自己在戰役中受過傷，有時甚至用走路一拐一拐來證明。但事實上他從沒上過戰場，由此可見他當時的虛榮心。雖然高中沒畢業，他於一九一九年以退伍軍人的身分進了密西西根大學，但因為覺得無聊而中途輟學。他希望當一個專業作家，於是一面打工，一面寫作投稿。

　　愛好文學的福克納在大學一年級便不時在校刊發表詩歌與短篇小說，後來休學了，仍有作品在校刊發表。雖然能賺點稿費，但離他專業寫作的理想還遠。福克納的工作經歷可說劣績斑斑——他從沒有認真做好過一份工作，總是被辭退，他曾在家鄉的郵局工作過一段時間（當一

人局長），但整天只是讀書寫作，對應該由他處理的郵件愛理不理，惹來不少投訴，最後被辭退。不過，那段時期他的閱讀量也是驚人，通過郵局郵遞的文學雜誌總是由他先看；他更在上班時間讀完了喬伊斯的《尤利西斯》（*Ulysses*）。

當時的福克納已開始專注於小說創作，但他的作品時常遭文學雜誌退稿。最後認識了著名作家休伍德‧安德森（Sherwood Anderson），成了忘年之交，並透過安德森認識了一些雜誌編輯和出版商，作品和讀者見面的機會才多起來。（兩人後來卻不相往來，因為福克納在一篇隨筆中諷刺了安德森。）福克納第一本長篇《軍餉》（*Soldier's Pay*）也是透過安德森向出版社推介才得以出版。之後他拿了版稅去歐洲遊歷，期望感受一下當時代表著最前衛的文學風貌。

《喧嘩與騷動》是福克納寫於一九二八年間的作品（初版於一九二九年），之前他出版過兩部小說：《軍餉》（一九二五）和《蚊群》（*Mosquitoes*）（一九二七），其中《軍餉》手法接近現實主義，《蚊群》以蚊子比喻病態的美國藝術家，中間用了一些意識流技巧。可是，兩部

作品都沒有獲得文評界關注，讓他十分氣餒。由於他已經讀了喬伊斯的《尤利西斯》和其他的歐洲前衞文學作品，十分醉心於寫作技巧的運用，於是他決心不理市場，開始創作一部他認為在技巧和風格上都能獨樹一幟的作品——這就是後來為他贏得諾貝爾文學獎的《喧嘩與騷動》。這部小說也是福克納在藝術上最成熟小說創作；他不止一次說，這是他自己最喜歡的一部作品。

《喧嘩與騷動》的書名出自莎士比亞悲劇《馬克白》第五幕第五場馬克白的著名臺詞：「人生如癡人說夢，充滿著喧嘩與騷動，卻沒有任何意義。」

福克納對《喧嘩與騷動》鍾愛的理由，是因為這部小說是他「最華麗的敗筆」（*most splendid failure*）（見《福克納評論集》，中國社會科學出版社，1980 年。下文引述的評論和作者自述皆引自此書。）由於不再擔心是否得到批評家和讀者的喜愛，他以自己想寫的方法去敍說美國南方一個白人家族的故事。故事發生在康普生一家的四個兒女的身上，由大哥昆丁，三弟傑生，以及智障的小兒子班吉輪流出場敍述。而

三兄弟講的故事，卻是圍繞著二姊凱蒂。福克納後來表示，他想講的是
凱蒂的故事，但他又覺得三兄弟的敍述仍不足以說清楚，於是又加了保
姆迪爾西作總結式的敍事，因而全書共分四章，分別由四個人物的視覺
去述說發生在康普生家中的故事，其中凱蒂則是整個小說的靈魂。

即使在八十多年後的今天看來，福克納的敍事手法仍是頗為複雜的。
通過四個人物的不同視覺，福克納讓讀者知道了康普生一家中最反叛的
女兒凱蒂半生的遭遇。這裏先綜合一下整個故事的大概：

《喧嘩與騷動》的敍事時間點是一九一〇年和一九二八年，而故事
時間的跨度則由一八九八年至一九二八年。康普生一家曾經是當地的望
族，家中原有頗多田地和黑奴，後來破敗得只剩下一幢大宅和黑人保姆
迪爾西和她的小外孫勒斯特。一家之長的康普生雖說是律師，但很少接
洽業務，更是整天喝得醉醺醺，最後病逝於一九一二年。康普生太太則
是一個自私和冷酷的女人，有事無事都嘮嘮叨叨。由於她的這個性格，
家裏的孩子都難以獲得溫情和母愛。其中女兒凱蒂在這樣的成長環境下，
變得反叛和浪蕩。凱蒂企圖從淑女的束縛中解放出來，但結果釀成了悲

劇。她十多歲就與男性交往，懷了身孕後不得已跟另一名男子結婚，但婚後被發現真相，男的棄她而去，而她只有把私生女寄養在母親家，自己離家出走。

　　故事中的大哥昆丁深愛著妹妹凱蒂，甚至愛得超越了兄妹之情。兩兄妹也非常友好，但凱蒂的叛逆性格使得她在家裏成為一個離經叛道的人物。她濫交，男女關係混亂，並因此造成悲劇。她離家出走後把私生女兒小昆丁遺在家裏，脆弱而多愁善感的昆丁愛她甚深，看到她的墮落，自己也變得瘋狂，最後於一九一〇年投河自盡。昆丁自小和和凱蒂感情要好，但性格多愁善感，更因家族末落而精神萎薇。他對妹妹的鍾愛已到了痴戀的地步，甚至向父親述說虛構的亂倫故事。當她知道妹妹未婚先孕，使他立時失去了精神平衡。

　　傑生排行第三，是凱蒂的大弟，是一家雜貨鋪的小夥計。他是一個典型的功利主義者，只看重金錢利益，他記仇，為了報復，做起事來往往不顧後果。和昆丁相反，他對凱蒂充滿怨恨，因為他以為凱蒂的私生活和壞名聲令他失去了本來應該得到的工作。他甚至把怨恨伸展至凱蒂

的私生女小昆丁，以及關心凱蒂母女的黑女傭迪爾西。福克納說過，「對我來說，傑生純粹是惡的代表。依我看，從我的想像裏產生出來的形象裏，他是最最邪惡的一個。」

班吉是康普生家的小兒子，他天生是個智障者。故事開頭由他揭開序幕。那是一九二八年的一天，他已經三十三歲，但是智力還停留在三歲的階段。姊姊凱蒂自小就很照顧他，他也十分喜歡凱蒂，甚至片刻也不想離開她。當凱蒂離家出走後，他時常透過氣味和其他物件的聯想，回憶他們相處的時光。

上述的故事不是線性敍事，而是通過班吉、昆丁和傑生三個人物的回憶獨白拼貼而成。再加上家中女傭迪爾西以全知觀點講述和補充前面三人的故事。可是，小說出版後仍有不少讀者感到難以整理出故事內容。十五年之後，福克納在《袖珍本福克納文集》中補寫了兩篇附錄，詳細地交代康普生家族的故事（見中譯本附錄）。（福克納常常說，他把《喧嘩與騷動》的故事寫了五遍。）

福克納利用班吉這個人物的先天缺陷展開敘事，其間以意識流技法穿插著最近三十年的回憶片段。班吉沒有邏輯的思維能力，只憑感覺和腦海中遺下的印象將事件重組，因此很容易把過去的事與當前的事混淆在一起。對作者而言，這是最能施展意識流技法的一個人物。通過他腦海中過去和現在重疊的意象，讀者要十分細心才能整理出一個故事大概：最鍾愛他和最照顧他的姊姊凱蒂一九一一年他十四歲那年離家出走後，他整個生活失去了重心。每次看到和感覺到與凱蒂有關聯的聲音、畫面或氣味，腦子裏都會出現兩人相處的一些片段。在這一章裏面，福克納十分著意經營意識流技法——當時是最前衛的小說創作手法。福克納把這一章形容為「一個白癡講的故事」，所以他可以肆無忌憚地通過班吉的意識流動交代故事脈絡。在這一章中，他告訴讀者：正走向沒落的康普生家族裏面的各個人物特徵，以及他們和班吉的關係。有批評家指出，這一章是「一種賦格曲式的排列與組合，由所見所聽所嗅到的與行動組成，它們有許多本身沒有意義，但是拼在一起就成了某種十字花刺繡般的圖形」。而福克納正是通過人物的意識流動，編織成時間與空間的重疊意象，從而構成一個時空交錯的故事。

　　第二章由康普生家中長子昆丁以內心獨白的形式敘事。福克納在

這裏用的語言與前一章不同。昆丁是哈佛大學的高材生，他的語言邏輯性強，說理多，但大都是自言自語，類似托斯妥耶夫斯基《地下室手記》中的內心獨白。福克納在這裏強調的是時間，通過意識流的敘事手法，把時間和空間重疊在一起，讓讀者感受到敘事者當時的心理混亂狀態。關於時間，沙特在評論這部小說時指出，福克納的哲學是時間的哲學：「……一個人是他的不幸的總和。有一天你會覺得不幸是會厭倦的，然而時間是你的不幸……」（見第二章昆丁的自白）。沙特認為那是這部小說的真正的主題。他看出福克納採用的寫作方法，似乎是對時間的否定。（昆丁自白中那隻手錶是被弄破了的）。透過這一章，我們發現，《喧嘩與騷動》其中一個敘事原則是打破時間的順序，並同時重置了空間的位置（班吉在現實中由一個現實中的空間維度穿越了空間和時間）。昆丁對著手錶獨白：「……經常對一個武斷的圓盤上那機械的指針的位置進行思考，那是心理活動一個徵象。父親說的，就象出汗是排泄。」昆丁嘗試探究時間之謎，他認為理解真正的時間，必須拋棄這些計時的手段，「……凡是被小小的齒輪滴答滴答掉的時間都是死了的；只有時鐘停下，時間才活了。」所以根據沙特的看法，「昆丁毀掉他的手錶是具有象徵意義的；它迫使我們在鐘錶的幫助下看到時間。白痴班吉的時間也不是用鐘錶計算的，

因為他不識鐘錶。」

　　在這一章中，昆丁的獨白有點語無倫次。一路讀下去，我們知道，當時由於他鍾愛的妹妹凱蒂未婚有孕，並跟另一個男子結婚，使他感到十分失望。當時他正在考慮自殺。所以，一方面我們看到一個人在語無倫次的獨白，但同時又明白他的語無倫次卻是有跡可尋。在昆丁的敍述中，我們看到他為人善良，是父親的崇拜者，甚至繼承了他的傳統道德觀念。當他知道凱蒂失去童貞，他甚至打算跟那個男人決鬥。凱蒂的貞潔對他如斯重要，是因為他內心對妹妹有著戀人的感覺；他甚至對父親虛構和妹妹有亂倫關係。

　　第三個出場敍事的是傑生。他在康普生家族中是一個行事魯莽的人。他沒有智障，也沒有哥哥的多愁善感，而他為人現實和功利，但從另一方面看，他卻像是一個瘋子——貪婪、自私自利、無情無義。福克納在這一章賦與傑生的語言是直接而粗鄙的，對讀者來説，讀來易懂得多。傑生的敍述主要交代當前（一九二八年）的事情，是沒有時空交錯和轉折的線性敍事。例如在開頭第一句便十分直接：Once a

bitch always a bitch，簡單的一句便盡顯他的粗鄙性格。由於這一章的
敍事風格直接而簡單，因而補充了前兩章的模糊不清和抽象的敍述。
尤其對於弟弟班吉被閹割的原因、昆丁的自殺，以及凱蒂的離婚，都
給讀者一個較清晰的印象。透過傑生的敍述，我們又知道，他是康普
生太太最疼愛的兒子，大哥昆丁自殺後，他成了家中的經濟支柱。因
此，他內心對哥哥和妹妹都充滿怨恨，在字裏行間對他們百般挖苦，
語言粗俗，口氣輕佻。

　　黑人女傭迪爾西是最後一個敍事者——福克納賦與她一種聖母瑪利
亞般的性格。（小說與聖經有很強的連帶關係，後面補充。）福克納説過：
「迪爾西是我自己最喜愛的人物之一，因為她勇敢、大膽、豪爽、溫存、
誠實。她對康普生一家照顧有加，面對一個破敗和末落的家族，她寄與
無限的同情。她尤其同情班吉和凱蒂的遭遇，並且處處保護他們。在冰
冷的康普生家族中，她可説是各人的精神支柱。她忠心和慈愛，比近乎
病態的其他敍事者更能看清現實。」對福克納來説，迪爾西是「人性的
復活」的理想——這在福克納有意把迪爾西的敍事放在復活節這一天可
以看得出來。（譯者李文俊指出，根據《路加福音》，耶穌復活那天，
彼得去到耶穌的墳墓那裏，「只見細麻布在那裏」，耶穌的遺體已經不見

了。在《喧嘩與騷動》裏，一九二八年復活節這一天，康普生家的人發現，小昆丁的臥室裏，除了她匆忙逃走時留下的一些雜亂衣物外，也是空無一物。在《聖經》裏，耶穌復活了。但是在《喧嘩與騷動》裏，如果説有復活的人，也不體現在康普生家後裔的身上。福克納經常在他的作品裏運用象徵手法，這裏用的是「逆轉式」的象徵手法。）

《喧嘩與騷動》中，最具象徵意義的一個場景是童年時期三兄弟望著凱蒂爬在樹上窺見深屋內正在舉行喪禮。三個男孩子仰頭上望，看到的是凱蒂沾了泥巴的內褲。福克納以此象徵凱蒂的不貞，也象徵著康普生家族的衰落。從凱蒂童年時期的反叛，可以看出她的出格和大膽；她的行為舉止和這個推崇傳統價值觀的南方家庭格格不入。對比於她的兩個兄長，他們連爬上樹的勇氣都沒有。福克納曾經表示，凱蒂這個角色實在太美麗，令他十分著迷，所以整個小説都是圍繞著凱蒂的遭遇發生。

像《喧嘩與騷動》這樣一部在當時來説敍事手法大膽，語言和結構看似散亂的小説，出版後並沒有得到多大迴響，尤其在美國本土，許多讀者都看不懂這部小説。但是在歐洲，這部小説遂漸得到出版商和作家

的留意，深入的評論，尤其探討這部小說的寫作技巧的文章陸續出現，使得福克納在歐洲漸漸為人注意。幾年之後，《喧嘩與騷動》成為了現代主義文學的代表作，其意識流手法堪與喬伊斯的《尤利西斯》並列為二十世紀的傑作。

按：本文主要以李文俊的中譯本為依據。對非英語、非西方文化背景的讀者來說，看這個譯本比看英文原著易於掌握，因為譯者在注釋方面下了許多功夫，除了向讀者解釋一些背景資料外，並在意識流敘事中為讀者說明時空轉換的關係。

引用書目｜《喧嘩與騷動》，福克納著；李文俊譯，上海譯文出版社，1984 年

美國作家貝婁：
透過象徵探討人生意義

HENDERSON
THE RAIN KING

a novel by
Saul Bellow

author of THE ADVENTURES OF AUGIE MARCH

Saul Bellow

1976 年諾貝爾文學獎得主

最近因為編輯舊作的關係，找到了一篇寫於一九七七年的書評〈貝羅的超人—— 雨王韓德信〉（目前一般通行譯法是「雨王亨德森」，作者是一九七六年諾貝爾獎文學獎得主索爾·貝婁（Saul Bellow, 1915-2005）。重看自己的文章，驚覺歲月催人老，也驚覺當時所介紹的這部小說仍然那樣富有現實意義。

《雨王亨德森》（*Henderson The Rain King*）以誇張和漫畫化的黑色喜劇創作手法，描寫一個在美國從事養豬業的百萬富翁因為找不到活著的意義，特意走到非洲去，希望找回人生的真義。說這部寫於差不多五十年前的小說具有現實意義，是因為我們今天仍有不少人在想著同一個問題，人到中年的，像書中主角亨德森一樣五十多歲的人，回首半生，有時總會自問：我這一生難道就這樣過了嗎？可不可以改變？怎樣改變？

一九九八年，紐約公共圖書館選出的二十世紀一百部英文小說中，就有貝婁這部小說。《雨王亨德森》之成為經典，除了作者認為這是他寫得最好的一部小說外，還因為裏面的主題像是回應今天耽於消費逸樂和殺聲處處的社會。一九七七年我在《大拇指》這樣介紹小說的內容：

小說的開頭，韓德信正處於一種絕望的狀態中；他苦感於過去的生活毫無意義，內心深處一個聲音不停地響著：「我要！我要！我要！」要甚麼呢？他像是知道，但因為得不著，卻又彷彿不知道。

　　重讀寫於差不多三十年前的書評，亨德森那種「我要！我要！」的聲音，彷彿又回到我的腦海裏。記得那時候是貝婁的「粉絲」，他還沒有得諾貝爾文學獎之前，就已十分喜歡他的小說。由《晃來晃去的人》、《受害者》、《奧吉·瑪琪歷險記》、《雨王亨德森》，到《赫索格》、《賽姆勒先生的行星》等，在美國圖書館把英文原著一本一本的借回家看，再加上部份中文譯本，例如劉紹銘先生翻譯的《何索》（《赫索格》），總算生吞活剝地看了他的大部份作品。後來自己分析，喜歡貝婁，除了跟我一向喜歡的哲學思考甚有關係外，還因為從他那裏我彷彿看到陀斯妥耶夫斯基的《地下室手記》中的主角，扮成當代美國知識分子，混進了貝婁的小說中。我不知道這是否和我那時的「地下室」性格有關，但顯然他的小說十分對我當時的口味。而另外的一個主要原因是，我那時也是一個尼采迷，對於《雨王亨德森》中的超人主題自然十分著迷。

由多年前自己寫的一篇書評中，我發覺原來這三十年來我一直都在回應著亨德森「我要！我要！」的呼喊。

下面我再借那篇書評講述一下亨德森的故事：

「是甚麼令我走到非洲去的？」他解釋說，就是心裏面的那個聲音。他是百萬富翁，今年五十五歲，現在的太太是第二任。他養豬，是因為對於生活失望，對於同時代的人失望，……他學拉小提琴，是想藉此和逝去的父親互通資訊。他的生活只有過去：「我的父母，我的妻子，我的女朋友，我的孩子，我的動物，我的習慣，我的金錢，我的音樂課，我的偏見，我的酗酒，我的獸慾，我的牙痛，我的臉孔，我的靈魂，我要高聲喊叫：『不！不！走開。我詛咒你，滾開！』」但怎樣叫它滾開？它們是屬於我的，是我自己的。」對於將來，或是現在，他均處於一種徬徨的境況。

一天早晨，他因為和太太吵架，竟嚇斃了送早餐進來的老婦人，使他經驗了死之可怖：「噢，真羞人！真羞人！我們怎可以呢？我們為甚麼由得自己這個樣子？我們在做甚麼？我最後安身的，齷齪沒窗的框框正等著我們啊！所以，看在上帝的份上，行動起來吧，韓德信，有朝一日，你也會像這個樣子去的。死亡會使你消失了，除了一團腐肉，甚麼也沒有剩下來。因為你一事無成，所以一無所剩。趁現在還有時間——現在！行動起來吧！」

就是這樣，他被內心的那個聲音驅使著，走往非洲去。首先，他碰到了阿紐威族人，從他們的女族長處，他學到了 Grun-Tu-Monlani（人是要活下去的）。在韓德信心目中這個女族長是個充滿智慧的女人：她是靜的，是 Bittah（快樂）的代表。在她心裏面沒有痛苦這回事：她不會為了焦慮而作激烈的行動。她的族人因為有青蛙走進了水池，而不敢讓牛隻喝水，以致牠們活活地渴死。當全族人浸淫在這種悲哀的氣氛裏時，這個女族長卻在微笑地接受這種無可奈何的處境。這點，韓德信實在看不過眼；他為了拯救他們的牛，乃自動請纓要將青蛙趕掉。可是，他自製的炸彈卻連水池也炸毀了，他眼巴巴地看著池水流掉。

　　他從阿紐威族學到的「人是要活下去」這個事實，使他更加迫切地尋求「怎樣活下去」的方法。他不能像阿紐威族一樣，只知生活，在面對死亡的時候，不謀解決之道。他離開了。這次，他遇上了華威威族。他們的族長達夫（Dahfu）是一個哲學家，他和韓德信很快便成為朋友。在一次祈雨儀式中，韓德信以健項的身軀捧起了他們的雲神木像，於是他們封他為「雨王」。

　　達夫養了一頭母獅，牠「會使意識發亮，會使你沸騰起來……」他要求韓德信模仿那頭母獅的動作，以期將他改變過來。面對母獅的時候，韓德信又再面對他那不敢承認的事實──死亡的恐懼。達夫看出，他是一個逃避者。他說，如果他能夠面對母獅而不露恐懼的神色，那他便能夠接受宇宙間最殘酷的事實──死亡了：

「牠是絕不逃避的……而這正是你需要的，因為你是一個逃避者。」對韓德信，不但要面對牠，而且要模仿牠──死亡。他學牠一般作爬行俯伏、吼叫。「學這頭野獸吧！」達夫告訴他，「以後你便會從中發現人性了。」和達夫相處，使韓德信悟出很多生存的道理：「我們這一代，單只是重複恐懼和絕望，而不圖改變嗎？」「一個勇敢的人會使罪惡停止不前。我不是作預言，但我覺得這個世界將由高尚的情操來駕馭。」

　　依照族例，族長是要捉回先王放生的雄獅的，而達夫也不例外。可是，他因為被族中不滿他的祭司陷害，給那頭雄獅咬死了。達夫的死亡，使德信看透了生命。和雄獅比起來，困在地窖裏的那頭母獅，只不過是真實的副本；是受擺佈下的真實；在面對死亡的一刹那，他真真正正的面對那兇猛殘酷的真實。現在，他知道以前所找尋的真實，是一種虛偽的真實。此所以他雖然高喊：「我要！我要！」而心靈卻還是沉睡著，便是這個道理。根據族例，作為「雨王」的韓德信是要繼承達夫當族長的，他已經不能再忍受那種虛偽的真實，他要逃出來，回應著心裏的那個聲音，找尋真實，面對死亡。他偷了代表達夫靈魂的幼獅，逃回美國去，在五十五歲之年，開始讀醫科。

　　　　　　　　　　　　（小說引文由筆者譯自英文原著）

《雨王亨德森》是在一九五九年出版的，當時的貝婁已經是成名小說家，他之前出版的長篇小說《奧吉‧瑪琪歷險記》為他奠定了當代傑出小說家的聲譽。不過，在那個垮掉的一代（The Beat Generation）當道的年代，他的作品被部份批評者視為不夠前衛，屬於維護美國傳統價值的保守派。他們指他墨守成規、大男人主義，又批評他種族歧視和推崇精英意識。而貝婁則以小說《賽姆勒先生的行星》反駁這些指控，並且嘲諷美國社會中那種嬉皮士作風是淺薄和無聊。他對社會問題的一些看法也讓人覺得他的思想屬於保守派，而他在一九七六年的諾貝爾文學獎的頒獎禮上發表演講時說：「現今的社會，提及私生活，混亂或者幾近瘋狂；說到家庭，丈夫、妻子、家長、孩子，都困惑而迷亂；再看看社會風氣、人際交往以及性行為，更是世風日下。個人混亂了，政府也暈頭轉向了。道德的淪喪和生活的潦倒是我們長久的夢魘，我們困在這騷動的世界裏，被層出不窮的社會問題所困擾。」（譯自諾貝爾文學獎得獎演辭，見 https://www.nobelprize.org/prizes/literature/1976/bellow/speech/）

　　熟悉貝婁作品者，都看出他對美好社會嚮往的思想來源自維護美國傳統價值觀的愛默森和惠特曼。而那時候，我因為常泡美國圖書館的關係，

早已看了不少這兩個人的作品。惠特曼的《草葉集》所散發的自由主義和
個人價值的意識，以及愛默森所提倡的脫離歐洲影響的美國獨立精神，都
曾經影響過我，而貝婁的這兩個精神導師帶給他的，是對當時五六十年代
消費主義開始出現，功利主義盛行、國人精神受「污染」等現狀的不滿，
而所表現出的憤世嫉俗——透過小說人物。在《雨王亨德森》中，他試圖
用他的兩個精神導師的教誨來拯救這個世界——他眼中的美國。無論他的
思想有多保守，這種想法即使在今天的美國，以及受美國物質主義影響的
所謂現代化都市，仍然十分需要。後來雖然我的思想愈來愈左傾，仍然覺
得貝婁的這些看法有其可取之處。

　　從形式上看，貝婁的小說作品也被視為保守的。一些現代主義者和
後現代主義批評家認為，他的創作風格仍然屬於寫實主義傳統，雖然裏
面有不少意識流或個人獨白的東西，但他沒有像一些自封先鋒派的作家
一樣，把內容作拼貼式的處理，把人物的言行描寫得像夢遊一樣，而是
實實在在地描寫主角的內心世界，以及他與他所處的世界之間的關係和
衝突。貝婁也寫文章批評過當時的先鋒派作品，認為它們故作艱深，就
在出版《雨王亨德森》之前，他還寫過文章譏諷那些專門在小說裏面找
尋象徵意義的讀者，指他們想在雞蛋裏發現生命的奧秘的閱讀方式，離

深刻的閱讀理解走得太遠，已經成為一種對文學的威脅。

貝婁這些話當然是有感而發的。當時的美國批評界仍然是現代主義當道。形式主義批評充斥學院，大家關注的，不是故事，而是能夠從故事中發現多少象徵的東西，因此，即使故事蒼白無味，只要裏面含有「豐富」的象徵意義——而這些所謂「象徵意義」得由批評家來「點化」讀者。這種情形在今天的美國已經沒有那麼厲害，因為各家爭鳴的批評方法給讀者有更多的選擇，但是在一些地方，例如香港，這種唯形式論的現代主義批評方式仍有市場，甚至影響了創作者。劉紹銘說近年看到的香港小說是「無愛」的，我認為主要的原因也許跟這種批評和創作方法有點關係。

不過，在《雨王亨德森》這部小說中，貝婁卻跟他的讀者開了一個玩笑。正當他義正詞嚴地要求讀者不要鑽牛角尖，從雞蛋裏找尋生命的奧秘，他自己卻透過亨德森這樣一個誇張式的喜劇人物，以黑色喜劇的方式把一個充滿象徵意味的小說送到讀者眼前。也許，貝婁是想示範一下：要寫富象徵意味的小說，得來看我的！

在《雨王亨德森》中，象徵的豐富就像一個猜謎的旅程，貝婁在人物和事物中，都賦予了十分強烈的象徵意味。亨德森就如希臘神話中的奧德賽般，在冒險旅程中悟出人生真諦。雖然貝婁在大學讀的是人類學，但小說中的非洲是一個他不曾到過的地方，而現實中這樣的非洲也不存在——它只是貝婁用來象徵原始生命力的一個場景。在《雨王亨德森》的非洲發生的一些故事，不少可以在《聖經》中找到根源，而象徵死亡和恐懼的獅子，甚至達夫（Dahfu 與死亡 Death 幾近同音），都可以看出貝婁的苦心經營。

我在那篇書評中，引述貝婁在一篇文章中這樣談到亨德森：「韓德信所要找尋的，是對死亡的焦慮感的治療法。」又說：

「在經歷了老婦死亡後，韓德信開始重新發掘自己的生存價值，他不但要知道『人是要活下去的』，而且還要知道怎樣活下去。「我要！我要！」這個聲音不斷地敲打著他的心。要甚麼？很明顯的，他是要活下去。怎樣活下去？在往非洲之前，他不知道，經歷了非洲的冒險，回到美國後，他知道了——他需要真實的生活，敢於面對死亡，超越死亡，懷著萬古柔腸的愛心，打倒一切虛偽的生活。」

重讀那篇書評時，覺得自己當時在年輕的理想主義影響下也許有點說過了頭，然而，當我重看《雨王亨德森》後，這種感覺又很強烈地湧現。為甚麼會那樣呢？寫完那篇書評後，我已再經驗差不多三十年的生活歷練，對人生中的歡樂憂愁，人世間的愛和恨，體會應該更深刻了吧；應該不會那樣的慷慨激昂了吧？但我仍然受著小說中那種對生命的關愛和熱切期待新生活和愛情所深深觸動。也許，《雨王亨德森》的感染力就是整部小說所散發出來的對生存價值的熱烈追求。這裏面又出現了另一個我十分喜歡的人物——尼采。尼采的超人哲學，不但感染年輕時期的我，即使今天，他仍是我愛讀的一個哲學家。在《雨王亨德森》中，尼采的超人意識可說無處不在。美國當代文學批評家 Tony Tanner 在討論貝婁小說的一篇文章中就提到過：「亨德森，就如貝婁其他作品中的人物一樣，想找出一個人怎樣可以在屈服於現實的同時……而又能撇開所有的限制而超越（transcend）他自己……（《雨王亨德森》）有很多尼采的聲音，事實上，裏面不斷出現的哲學箴言……可以用查拉圖斯特拉的一句話概括了：人是被超越的動物。」

《雨王亨德森》和尼采的超人，都是要超越當今世界中已經頹廢敗壞的人類。尼采的查拉圖斯特拉（Persian，波斯先知）說：「我教你

們超人的道理。人是 一樣應該超過的東西。」又說「人是一根繩索，繫於禽獸與超人之間，凌駕於深淵之上。」亨德森，或尼采的超人，都是比現世人類更高級的物種，在尼采看來，現世的人類可以通過自我超越而創造出超人，而人類實踐的目標就是使這個理想實現——成為真正的人，即超人，這也是全人類的目的。尼采的超人理論是基於上帝已死的前提下出現的。超人，源自於擺脫長期統治西方社會的基督教倫理，並從頹廢中覺醒的「最後的人」。尼采稱這種「最後的人」是「較高級的人」，但還不是超人。因為在他們的身上，仍然有不少塵世間的許多回憶，還不能完全擺脫基督教倫理觀和人類的頹廢生活，仍然需要偶像崇拜。這種最後的人，正是亨德森所見到的達夫，而亨德森最後超越了他，成為了超人，正如查拉圖斯特拉對對這些最後的人說的：「你們只不過是橋樑而已，唯願更高超的人在你們身上渡過去吧！你們代表接替，然則不應怨怒那超過你們而達到高處的人吧！」貝婁以他的小說回應了尼采：超人要由「最後的人」的後人中產生出來。

在小說的最後部份，亨德森在返回美國的飛機上，哼著韓德爾的《彌賽亞》，這首表示向上帝感恩的樂曲，混和著悲哀、快樂、憤怒和激情，同時讓人感受到優美而崇高的寧靜境界。他又叫空中小

姐把飛機上的一個波斯人（Persian）的孤兒搬到他旁邊的座位，又把小獅子給他抱著玩。他看著孩子那雙散發著好奇的光芒的大眼睛，發覺這雙眼睛充滿著新的生命，而這種新的生命，彷彿含著一種古老的力量。貝婁通過亨德森體驗到，個人的自救來自對人性的體認和接受——惠特曼的我歌唱自我，認為探索自我就能探索到人類的靈魂，而非現代社會中那些尋求人類解脫的各種理論。多年前我在前面那篇書評所體會到的——現代（五十至六十年代）的美國社會是一個分崩離析的社會，當前的美國文化是面臨崩潰的文化，現代人存在於這樣的一個社會中，應該回歸到原始文化中去學習，從原始和野性中學習一種純樸無私的人間愛，以融和當前充滿戾氣的社會——在今天竟然如此相似地同樣具有現實意義。

引用書目 ｜ 本文引文譯自英文原著。中文版可參看《雨王亨德森》，索爾·貝婁著；藍仁哲譯，人民文學出版社，2016 年

哥倫比亞作家加西亞．馬爾克斯：

他像外祖母講故事一樣敘述歷史

Gabriel
Garcia
Márquez

The Autumn of the Patriarch

1982 年諾貝爾文學獎得主

　　近幾年，好些我心儀的外國作家相繼去世，其中，二○一四年離去的加西亞‧馬爾克斯讓我想起年青時代如飢以渴地閱讀世界文學的「黃金歲月」。

　　那是二十世紀七十年代初，當時二十出頭，由於在中環工作，而且常常要外出，因此中環的美國圖書館和英國文化協會是我平時流連最多的地方。在美國圖書館，我生吞活剝地看了許多當代（四十至七十年代）美國作家的作品，如海明威、福克納、貝婁、辛格、奧茨等（有部份為今日世界的中文翻譯本）。在英國文化協會的圖書館，又讓我接觸了一直十分喜歡的 Virginia Woolf 和她同時代的一些英國當代詩人作品。而透過兩間圖書館的文學雜誌，我又接觸了大量的美國文學以外的歐洲作家和拉美作家的作品。

　　加西亞‧馬爾克斯則是在美國圖館的一本雜誌上知道他的。那本雜誌就是著名的 *World Literature Today*。當時加西亞‧馬爾克斯由於一九六七年出版後好評如潮的《百年孤獨》而炙手可熱，*World Literature Today* 在七十年代初也大量的介紹當時在西方文學界被視為新興文學現

象的拉美文學及其魔幻現實主義。透過這本雜誌，我除了認識拉美文學

作家如加西亞．馬爾克斯、富恩特斯、博爾赫斯等人的作品外，還有許

多的作家訪談和專題研究，讓我極大地擴闊了文學創作和評論的視野。

透過作家訪問和作品評論，我找了一些作家的英文譯本看。

　　那時候看《百年孤獨》的經驗，到今天仍然印象深刻。

　　《百年孤獨》有一個情節今天大家都很熟悉，就是處理遺忘症的那

一段。在村民得了失憶症的馬孔多村，為了不讓遺忘症帶走記憶，人們

寫下「牙膏」、「門」、「窗戶」、「開關」、「鍋子」等紙條，貼在

每一個即將要遺忘的物件上。這段情節，西西的小說和香港電視劇都有

不同程度地借用過。當一個人漸漸對熟悉的事物變得陌生，甚至遺忘的

時候，應該怎樣做？我在介紹二〇一三年諾貝爾文學獎得獎者門羅（Alice

Munro）時，曾討論過她拍成電影的一個短篇，裏面也是處理遺忘的問

題──愛與遺忘的主題。而《百年孤獨》中，遺忘和孤獨，正是小說的

重要主題。對於遺忘和孤獨的演譯，加西亞．馬爾克斯說過，其實都和

愛有關。

關於遺忘症那一段，小說描述一種傳染失眠的病症襲擊馬孔多村，村民連續五十多個小時無法入睡，而隨著失眠症之後是遺忘症，最後由奧雷連諾解決這個問題：

在幾個月中幫助大家跟遺忘症進行鬥爭的辦法，是奧雷連諾發明的。他發現這種辦法也很偶然。奧雷連諾是個富有經驗的病人──因為他是失眠症的第一批患者之一──完全掌握了首飾技術。有一次，他需要一個平常用來捶平金屬的小鐵砧，可是記不起它叫甚麼了。父親提醒他：「鐵砧。」奧雷連諾就把這個名字記在小紙片上，貼在鐵砧底兒上。現在，他相信再也不會忘記這個名字了。可他沒有想到，這件事兒只是健忘症的第一個表現。過了幾天他已覺得，他費了很大勁才記起試驗室內幾乎所有東西的名稱。於是，他給每樣東西都貼上標籤，現在只要一看簽條上的字兒，就能確定這是甚麼東西了。不安的父親叫苦連天，說他忘了童年時代甚至印象最深的事兒，奧雷連諾就把自己的辦法告訴他，於是霍‧阿‧布恩迪亞首先在自己家裏加以採用，然後在全鎮推廣。他用小刷子蘸了墨水，給房裏的每件東西都寫上名稱：「桌」、「鐘」、「門」、「牆」、「牀」、「鍋」。然後到畜欄和田地裏去，也給牲畜、家禽和植物標上名字：「牛」、「山羊」、「豬」、「雞」、「木薯」、「香蕉」。人們研究各種健忘的事物時逐漸明白，他們即使根據簽條記起了東西的名稱，有朝一日也會想不起它的用途。隨後，他們就把簽條搞得很複雜了。

一頭乳牛脖子上掛的牌子，清楚地說明馬孔多居民是如何跟健忘症作鬥爭的：「這是一頭乳牛。每天早晨擠奶，就可得到牛奶，把牛奶煮沸，摻上咖啡，就可得牛奶咖啡。」就這樣，他們生活在經常滑過的現實中，借助字兒能把現實暫時抓住，可是一旦忘了字兒的意義，現實也就難免忘諸腦後了。

這段有關遺忘的情節，是作者用以提醒人們，歷史是很容易被遺忘的，一定要好好記下來——這也是《百年孤獨》的最重要主題。拒絕遺忘，正視歷史，是加西亞·馬爾克斯不斷強調的。在現實社會中，關於遺忘，往往跟老年癡呆症扯上關係。而不幸地，加西亞·馬爾克斯家族也有老年癡呆遺傳史。加西亞·馬爾克斯一九九九年經診斷出患上淋巴癌，此後一直在與病魔鬥爭。年紀漸大，家族遺傳的老年癡呆症也在發生作用。此後的十多年，癌症和化療不但使到加西亞·馬爾克斯智力衰退，也讓老年癡呆加速到來。雖然他的身體狀況還可以，但就常常失憶，想不起發生過的事情。加西亞·馬爾克斯竟在《百年孤獨》作出了預言——加西亞·馬爾克斯家族也逃不過的宿命：遺忘症。

　　《百年孤獨》中的馬孔多村的人物妙趣橫生，故事荒誕離奇，但是對於拉丁美洲讀者，卻是充滿著現實和諷刺。當他們把現實和荒誕不經的小說情節聯想起來時，卻是那樣的真實！例如在香蕉園工人被屠殺那段情節，作者描寫工人因罷工惹怒了美國人的香蕉公司園主，他們不但屠殺工人，而且為了懲罰馬孔多村，「訂購」了一場洪水，讓馬孔多村下了四年十一個月另兩天的雨。加西亞‧馬爾克斯透過誇張的小說情節，就是要拉丁美洲的人民不要遺忘曾經發生過的這一段歷史事件。

　　《百年孤獨》通過講述哥倫比亞一個普通農民布恩迪亞家族六代人的生活史，反映了哥倫比亞農村的百年滄桑，也反映了近百年來拉丁美洲社會的歷史變遷。烏蘇拉和阿卡迪奧原本是表親，結了婚後烏蘇拉因為害怕像上一輩的親戚般生下長了尾巴的孩子，所以不敢與阿卡迪奧同牀。一天，一個朋友阿吉拉爾取笑阿卡迪奧不能人道，惹惱了他，給他殺了。就在那天，他和烏蘇拉第一次同牀。過了不久，阿吉拉爾的鬼魂常在他們眼前出現，為了逃避良心的責備，他們便翻過山，到人跡罕見的馬孔多另建家園。

《百年孤獨》講的就是阿卡迪奧‧布恩迪亞開闢馬孔多村的故事。到故事結尾時，一陣旋風摧毀整個村莊，也摧毀了這個村莊一百多年的歷史。故事中的馬孔多村，不但是拉丁美洲國家的縮影，也是作者加西亞‧馬爾克斯童年在那裏成長的故鄉阿拉卡塔卡的寫照。阿卡迪奧夫婦初到馬孔多時，這地方還十分荒涼，全村只有二十間磚屋。這樣一條與世隔絕的村落，與外界的接觸只是透過路過推銷各種奇怪發明的吉卜賽人。漸漸的，馬孔多村有了點規模，村民日常生活的形態也有了改變。鐵路交通建起來了，村內代表不同村民的自由黨與保守黨經常爭執，美國公司來到村莊開闢香蕉種植園。由於僱主的無理剝削，香蕉園工人舉行大罷工，結果數以千計的工人被屠殺。最後，一場颶風吹毀了香蕉園，美國人的香蕉公司撤走了，馬孔多村又回復先前的荒漠孤獨。

　　在《百年孤獨》中，加西亞‧馬爾克斯借用了不少東西方的神話和典故，使到故事瀰漫著荒誕與傳奇色彩。也由於作者用幻想的手法描繪現實，使得小說的整個調子充滿著喜劇氣氛，人物的言行舉止也像舞臺劇中的喜劇人物。然而，小說到了結尾，卻是一部悲劇。因為死後寂寞而復生的吉卜賽人領袖米爾蓋達斯，曾經把一部手稿留給布恩迪亞一家，到了第五代的阿里利安奴‧巴貝隆尼亞手上時，發覺那

部手稿是用梵文寫成的。雖然阿里利安奴學過梵文,能夠翻譯出來,但他卻發覺許多密碼難以辨識。小說完結時,他終於看懂了那部手稿。原來這部手稿預先記錄了布恩迪亞一家五代一百年的歷史。阿里利安奴看到馬孔多村要被旋風摧毀的時候,旋風正在他的周圍吹著:

　　奧雷連諾‧布恩蒂亞全神貫注地探究,沒有發覺第二陣風——強烈的颶風已經刮來,颶風把門窗從鉸鏈上吹落下來:掀掉了東面長廊的屋頂,甚至撼動了房子的地基。此刻,奧雷連諾‧布恩蒂亞發現阿瑪蘭塔,烏蘇娜並不是他的姐姐,而是他的姑姑,而且發現弗蘭西斯‧德拉克爵士圍攻列奧阿察,只是為了攪亂這裏的家族血統關係,直到這裏的家族生出神話中的怪物,這個怪物注定要使這個家族徹底毀滅。此時,《聖經》所說的那種颶風變成了猛烈的龍捲風,揚起了塵土和垃圾,團團圍住了馬孔多。為了避免把時間花在他所熟悉的事情上,奧雷連諾‧布恩蒂亞趕緊把羊皮紙手稿翻過十一頁,開始破譯和他本人有關的幾首詩,就像望著一面會講話的鏡子似的,他預見到了自己的命運,他又跳過了幾頁羊皮紙手稿,竭力想往前弄清楚自己的死亡日期和死亡情況。可是還沒有譯到最後一行,他就明白自己已經不能跨出房間一步了,因為按照羊皮紙手稿的預言,就在奧雷連諾‧布恩蒂亞譯完羊皮紙手稿的最後瞬刻間,馬孔多這個鏡子似的(或者海市蜃樓似的)城鎮,將被颶風從地面上一掃而光,將從人們的記憶中徹底抹掉,羊皮紙手稿所記載的一切將永遠不會重現,遭受

百年孤獨的家族，注定不會在大地上第二次出現了。（本文作者根據英文本翻譯。）

小說到了結尾，我們才知道，原來我們所讀的那一部小說，就是米爾蓋達斯用梵文寫的那部手稿，即《百年孤獨》。

《百年孤獨》是一部結構複雜、人物眾多、厚達三四百頁的長篇小說，以今日習慣的輕、短、小閱讀標準看，不容易吸引新一代讀者。但它的西班牙文原版和各種譯本（包括大陸和臺灣的中譯本），仍是文學類的暢銷書。從小說的創作風格和作者所花的用心來看，這本小說也是值得一看再看的好書。從七十年代到今天，英文版和中文版加起來，我也看了三次，從學習寫作角度看，無疑甚具啟發性。

加西亞·馬爾克斯開始構思這樣一部宏篇巨著時，只是一個十七八歲、初涉寫作的文學青年。當時，他白天當記者，晚上寫作。他的同事看他不停地寫一本叫作《家》的小說筆記，認為那是《百年孤獨》的雛形。加西亞·馬爾克斯在〈影響和寫作〉一文曾經說過：「十七歲的我

曾經想寫，但是幸好我很快就發覺，我自己也不相信我所講的東西。」

「我還需要一種富有說服力的語調。由於這種語調本身的魅力，不那麼真實的事物會變得逼真，並且不破壞故事的統一。語言也是一個大難題，因為真實的事物並非僅僅由於它是真實事物而像是真實的，還要憑藉表現它的形式。」（申家仁、江溶著：《世界文學名著誕生記》，中國青年出版社出版，1992年）

熱愛寫作的加西亞‧馬爾克斯一邊寫他的筆記，一邊發表小說作品。一九五〇年，他寫了一個中篇《枯枝敗葉》，裏面就有後來出現在《百年孤獨》中、美國香蕉公司作惡的情節。《枯枝敗葉》可說是《百年孤獨》的前奏，也是的加西亞‧馬爾克斯的處女作。但由於他當時正在歐洲流亡，幾番周折之後，要到一九五五年才能出版。

幾年間，加西亞‧馬爾克斯相繼出版了《沒有人給他寫信的上校》及《惡時辰》等四部著作，在拉丁美洲國家有了名氣之後，才開始寫他構思了十多年的《百年孤獨》。他後來回憶說：

我生活了二十年、寫了四本習作性的書才發現，解決辦法還得回到問題產生的根子上去找：必須像我外祖父母講故事那樣老老實實地講述。也就是說，用一種無所畏懼的語調，用一種遇到任何情況、哪怕天塌下來也不改變的冷靜態度去寫，並且在任何時刻也不懷疑所講述的東西，無論它是沒有根據的還是可怕的東西，因為在文學中沒有甚麼比信念本身更具有說服力。

他還說：

有一個人值得我深表謝意，他對我說，《百年孤獨》的偉大功勞不在於寫了它，而在於敢寫它。（申家仁、江溶著：《世界文學名著誕生記》，中國青年出版社出版，1992 年）

一九六六年至一九六七年間，加西亞·馬爾克斯終於開始潛心創作《百年孤獨》。那時候他和妻兒住在墨西哥，生活卻是窮困潦倒。為了寫作，他靠典當和借債，以及靠朋友資助渡日。一天：

他帶著妻子梅塞德斯和兩個孩子驅車到墨西哥海濱城市阿加布林

科去旅行。途中忽然靈感驟至：我應該像我外祖母講故事一樣敘述這部歷史——抓住和重複一個充滿了預兆、民間療法、迷信的世界，也可以說是一個極富我們拉丁美洲特色的世界，將這一切極其自然地視為日常生活的一部份，並不動聲色、沉著冷靜、繪聲繪色地描繪出來，彷彿是剛親眼看到似的。於是，他立即調轉車頭，並對大惑不解的妻子說：「我渴望已久的《百年孤獨》到出生的時候了，你得給我半年時間。」（申家仁、江溶著：《世界文學名著誕生記》，中國青年出版社出版，1992 年）

《百年孤獨》最初由阿根廷著名的南美出版社版（一九六七），印量八千冊，但半個月之內就搶購一空；第二版印了一萬冊，但單是墨西哥就訂購了兩萬冊，此後一路重印，四十年來西班牙原文的銷量總數已超過三千萬冊。

一九八二年，加西亞‧馬爾克斯憑《百年孤獨》獲得了諾貝爾文學獎，當時瑞典皇家學院稱讚加西亞‧馬爾克斯：

創造了一個獨特的天地，即圍繞著馬孔多的世界，那個由他虛構出來的小鎮。自五十年代末，他的小說就把我們領進了這個奇特的地

方。那裏匯聚了不可思議的奇蹟和最純粹的現實生活。作者的想像力在神遊翱翔：荒誕不經的傳說，具體的村鎮生活，比擬與影射，細膩的景物描寫，都以新聞報導般的準確性再現出來。在加西亞·馬爾克斯創造的這個天地裏，可能死神是最重要的幕後導演。但是，這位作家通過作品所流露出的感傷情緒，在令人毛骨悚然並且感到生動與真實的同時，卻表現出一種生命力。

引用書目｜《百年孤獨》，加西亞·馬爾克斯著；范曄譯，南海出版公司，2011 年

美國黑人作家托妮・莫里森：

關於創傷的記憶碎片——
一個人鬼相聚的魔幻世界

Toni Morrison

1993 年諾貝爾文學獎得主

二十世紀六十年代的美國,與嬉皮士文化興起的同時,也出現過 Black is beautiful 的文化運動。當時的美國非洲裔黑人知識分子不斷聲討那些認為黑人長得不好看,污穢與懶惰等刻板印象。他們強調,黑人的皮膚,頭髮,以及長相,都是天生的,不能因此被刻板地標籤化。Black is beautiful 等口號,讓美國黑人感到飄飄然。然而,當時正在撰寫她的第一部小說的黑人女編輯托妮‧莫里森(Toni Morrison, 1931-2019),卻不大贊同這個叫法。她在四十多年後談到她那時寫作的心情時說:

> 他們可能遺漏了一些東西。黑人不是從來都是美麗的。他們已忘記歷史上黑人曾經有過的內心的傷痛。所以我希望透過小說告訴人們,黑人曾經有過的一段醜陋的日子,而那種醜陋的感覺是怎樣的難受。

莫里森那部處女作名叫《最藍的眼睛》,講述一個黑人女孩為了渴望擁有一雙像白人那樣的藍色眼睛,最終變得瘋癲的悲慘故事。她的父母不喜歡她,他的父親不知怎樣表達對女兒的愛而強姦了她,使她後來變得精神錯亂。小說中,莫里森花了不少篇幅描繪黑人小姑娘佩可拉對藍眼睛的渴望。受到母親不斷灌輸的意識的影響,佩可拉以為擁有一雙

白人的藍眼睛就能補救自己身體的缺陷——長輩不斷灌輸給她的「黑人是醜的」的意識。為了尋找醜陋的根源，「她常坐在鏡子前長時間發愣，試圖找出醜陋的秘密。」佩可拉從小就以自己的醜陋為可恥。父母常常在她面前打架吵鬧，使她討厭自己的身體，並希望手指、前臂、胳膊、肘、腳、肚子、胸部、脖子和臉都能夠一點一點的「變走」。但是，緊閉的雙眼不能變走使一切都失去了意義。佩可拉日復一日地祈禱，只是以為得到一雙美麗的藍眼睛，就可以改變一切——父母不再爭吵打架，同學和老師都會喜歡她，一切都將會改變。「每到夜晚，她就祈求得到藍眼睛，從不間斷。她充滿激情地祈禱了整整一年。儘管多少有些失望，她並未喪失信心。要想得到如此珍貴的東西需要相當相當長的時間。」

　　莫里森通過敍述者詳細描述佩可拉一家人外表的醜陋，但同時深挖這種醜陋的根源，從而指出佩可拉一家人內心對醜陋的形象，不過是源於對自身的信念，就像有一個無所不知的神秘主子給了他們每人一件醜陋的外衣，讓他們穿上：

　　　　他們把醜陋抓在手心裏，穿戴在身上，去闖蕩世界，以各自不同的方式來對付它。布里德洛夫太太像演員對待道具那樣對付醜陋，為

的是塑造性格，為表現她為自己設計的角色——一個獻身的烈女的角色。山姆把他的醜陋當作武器用於傷害他人。他以此為尺度調整自己的行為，以此為依據選擇夥伴：它使有的人驚嘆，有的人恐慌。而佩可拉則躲藏、遮掩，甚至消失在她的醜陋之後，偶爾從面具後面探頭張望，很快又將其重新戴上。

《最藍的眼睛》的出版令莫里森受到文壇注目。她重新挖掘黑人的醜陋的根源，使她成為繼杜波依斯（Du Bois）之後，最能表現黑人文化和傳統的黑人作家。

莫里森出生在美國俄亥俄州北部瀕臨伊利湖一個名叫羅瑞恩（Lorain）的小鎮，在莫里森的祖父時代，奴隸解放宣言已經頒佈，但他認為這個法案不會改變黑人的生存狀況，黑人仍然沒有希望得到完全的自由。而莫里森的祖母認為上帝是可以幫他們擺脫苦難的救世主，只要信任上帝，一切都會改變過來的。這兩種相反的人生觀深深影響了小時候的莫里森，使她後來的小說一邊充滿宿命論，但同時又尋求各種改變的可能性。莫里森小時候家境貧窮，父親在造船廠當電焊工人，最終因為失業而要領取政府救濟金。因為父母沒錢交房租，更在寒冷的冬天被白人房東趕出屋外。這些受盡冷漠和歧視的生活體驗，加上父母堅韌

勇敢的個性，造就了莫里森日後強烈的自尊心和獨立的人格。莫里森從小就對文學感興趣，初中時已經讀過許多歐美經典名著，其後更以優異的成績進入全美著名的黑人大學霍華德大學。在大學期間，莫里森有機會閱讀更多有關黑人歷史的書籍，成為她日後創作的重要泉源。

　　一九五三年莫里森在霍華德大學畢業後，到康奈爾大學研究院深造，重點研究美國意識流小說家威廉・福克納和英國意識流小說家維吉尼亞・伍爾夫。她的碩士畢業論文選題是論述福克納和伍爾夫小説中的自殺主題。碩士畢業後，莫里森在大學任英語教師，期間認識了當建築師的哈樂德・莫里森（Howard Morrison），之後兩人結婚，托妮改夫姓莫里森。但幾年之後，兩人在生了兩個孩子之後離了婚。而莫里森則轉到紐約的藍登書屋任文學叢書編輯，專門編輯黑人作家的作品。在編輯記述美國黑人三十年歷史的《黑人之書》時，使莫里森更廣泛的接觸黑人歷史。其後，她辭去了編輯工作，想嘗試以掙版稅稿費的方式專心寫作，《最藍的眼睛》就是她辭掉編輯工作，兼職在哈佛大學教寫作班時的作品。

　　《最藍的眼睛》的初步成功給莫里森帶來鼓舞。其後她又寫了《蘇

拉》（*Sula*, 1974）、《所羅門之歌》（*Song of Solomon*, 1977）、
《柏油孩子》（*Tar Baby*, 1981）、《寵兒》（*Beloved*, 1987）等幾部
中篇和長篇。而《寵兒》不但給她帶來了多個書獎，並且使她獲得了
一九九三年的諾貝爾文學獎。

　　《寵兒》靈感來自她編輯《黑人之書》所看到的一個故事。她在《寵
兒》的序言中寫道：

　　　　《黑人之書》中的一張剪報概述了馬格麗特·加納的故事：她是
　　一個逃脫奴隸制的年輕母親，寧可殺害自己的一個孩子（也企圖殺
　　死其餘幾個，未遂）也不願讓他們回到主人的莊園去，因而遭到逮
　　捕。她於是成為反抗《逃亡奴隸法》—— 該法律規定可以強行將逃
　　亡奴隸歸還主人—— 鬥爭中的一個著名訟案。她的神志清醒和缺乏
　　悔意吸引了廢奴主義者和報紙的注意。她的確是「一根筋」，而且
　　從她的見解可以判斷出，她有這種智力、這種殘忍，以及甘冒任何
　　危險爭取在她看來必需的自由的意願。

　　　　歷史中的馬格麗特·加納令人著迷，卻令一個小說家受限。給我
　　的發揮留下了太少的想像空間。所以我得發明她的想法，探索在歷史
　　語境中真實的潛臺詞，但又不是嚴格意義上的史實，這樣才能將她的
　　歷史與關於自由、責任以及婦女「地位」等當前問題聯繫起來。女主

人公將表現對恥辱和恐懼不加辯解的坦然接受；承擔選擇殺嬰的後果；聲明自己對自由的認識。奴隸制強大無比，黑人在其中無路可走。邀請讀者（和我自己一起）進入這排斥的情境（被隱藏，又未完全隱藏；被故意掩埋，但又沒有被遺忘），就是在高聲說話的鬼魂盤踞的墓地裏搭一頂帳篷。

《寵兒》初版於一九八七年，很快引起美國文學界的重視和熱切談論，其深刻的主題和後現代主義結構，被視為「美國文學史上的里程碑」。莫里森以《寵兒》講述奴隸制度下一個黑人母親的殺嬰故事，既詭異又沉重，並同時再現了奴隸制時期黑人無法言說的肉體和心靈的傷痛，從而揭示了一個時代的黑人婦女所受的苦難和不幸。《寵兒》中的母親塞絲，年輕時為了不想新生的嬰兒命定地成為又一個黑奴，在懷孕期間帶著還在哺育期間的女兒出走，躲在一個地方把肚子裏的女兒生下來。最後她與婆婆薩格斯和先行離家的兩個兒子會合，但被奴隸主追蹤而至。塞絲為了不想孩子落入奴隸主手中變成下一代的奴隸，便親手割斷了大女兒的喉嚨。自此以後，她和婆婆所居住的１２４號，像是被咀咒一樣，總是有鬼魂縈繞的感覺。而她附近的鄰居，更把她視作一個恐怖的殺嬰媽媽，對她避之則吉。而她的兩個兒子，更是遠走高飛。

這樣的生活過了十八年，當日出世的女兒丹芙已十八歲，但總是鬱鬱寡歡，脾氣古怪得難於親近。《寵兒》就是從這裏開始：

124號惡意充斥。充斥著一個嬰兒的怨毒。房子裏的女人們清楚，孩子們也清楚。多年以來，每個人都以各自的方式忍受著這惡意，可是到了一八七三年，塞絲和女兒丹芙成了它僅存的受害者。祖母貝比‧薩格斯已經去世，兩個兒子，霍華德和巴格勒，在他們十三歲那年離家出走了——當時，鏡子一照就碎（那是讓巴格勒逃跑的信號）；蛋糕上出現了兩個小手印（這個則馬上把霍華德逼出了家門）。兩個男孩誰也沒有等著往下看：又有一鍋鷹嘴豆堆在地板上冒著熱氣；蘇打餅乾被撚成碎末，沿門檻撒成一道線。他們也沒有再等一個間歇期，幾個星期、甚至幾個月的風平浪靜。沒有。他們當即逃之夭夭——就在這座凶宅向他們分別施以不能再次忍受和目睹的侮辱的時刻。在兩個月之內，在殘冬，相繼離開他們的祖母貝比‧薩格斯，母親塞絲，還有小妹妹丹芙，把她們留在藍石路上這所灰白兩色的房子裏。當時它還沒有門牌號，因為辛辛那提還沒擴展到那兒呢。事實上，當兄弟倆一個接一個地把被子裏的棉絮塞進帽子、抓起鞋子，偷偷逃離這所房子用來試探他們的活生生的惡意時，俄亥俄獨立成州也不過七十年光景。

故事開始不久，昔日在被稱作甜蜜之家的奴隸屋中一起幹活的同伴

保羅‧D找到了塞絲。兩人同居起來，並且關係親暱，引起了丹芙的妒意。其後，一個陌生女孩子在他們中間出現，她總是需索著塞絲的眷顧。丹芙本能地認出了她就是那個被母親親手殺死的姐姐寵兒——母親在她墳上寫上Beloved的名字。寵兒的鬼魂就是這樣透過少女的肉身重臨塞絲的生活中。

詭異的故事透過莫里森運用的黑人傳統講故事語調道出，使到整篇小說瀰漫著渺遠而神秘的色彩。小說透過第三人稱的敘事手法，利用內心獨白和意識流技巧，穿透每個角色的內心世界。這種多聲部敘事、片段式進入人物內心世界的敘事風格，令人刮目相看，不但使到莫里森贏得了普利策獎和甘迺迪獎等文學獎，而且奠定了日後她獲得諾貝爾文學獎的重要座標。

從《寵兒》中，我們可以看到莫里森如何運用象徵手法深化全書的主題，以隱喻的語言再現美國黑人那段傷痛歷史。其中反覆出現的樹的象徵意義，讓人感到錐心之痛。莫里森首先以塞絲背上的樹隱喻奴隸制的罪惡：

塞絲目光越過丹芙的肩頭，冷冷地看了保羅‧D一眼。「你操哪門子心？」

「他們不讓你走？」

「不是。」

「塞絲。」

「不搬。不走。這樣挺好。」

「你是想說這孩子半瘋不傻的沒關係，是嗎？」

屋子裏的甚麼東西繃緊了，在隨後的等待的寂靜中，塞絲說話了。

「我後背上有棵樹，家裏有個鬼，除了懷裏抱著的女兒我甚麼都沒有了。不再逃了——從哪兒都不逃了。我再也不從這個世界上的任何地方逃走了。我逃跑過一回，我買了票，可我告訴你，保羅‧D‧加納，它太昂貴了！你聽見了嗎？它太昂貴了。現在請你坐下來和我們吃飯，要不就走開。」

保羅‧D從馬甲裏掏出一個小煙口袋——專心致志地研究起裏面的煙絲和袋口的繩結來；同時，塞絲領著丹芙進了從他坐著的大屋開出的起居室。他沒有捲煙紙，就一邊撥弄煙口袋玩，一邊聽敞開的門那邊塞絲安撫她的女兒。回來的時候，她回避著他的注視，徑直走到

爐邊的小案子旁。她背對著他，於是他不用注意她臉上的心煩意亂，就能盡意欣賞她的全部頭髮。

「你後背上的甚麼樹？」

「哦。」塞絲把一隻碗放在案子上，到案子下面抓麵粉。

「你後背上的甚麼樹？有甚麼長在你的後背上嗎？我沒看見甚麼長在你背上。」

「還不是一樣。」

「誰告訴你的？」

「那個白人姑娘。她就是這麼說的。我從沒見過，也永遠不會見到了。可她說就是那個樣子。一棵苦櫻桃樹。樹幹，樹枝，還有樹葉呢。小小的苦櫻桃樹葉。可那是十八年前的事了。我估計現在連櫻桃都結下了。」

塞絲用食指從舌尖蘸了點唾沫，很快地輕輕碰了一下爐子。然後她用十指在麵粉裏劃道兒，把麵粉扒拉開，分成一小堆一小堆的，找小蟲子。她甚麼都沒找到，就往捲起的手掌溝裏撒蘇打粉和鹽，再都倒進麵粉。她又找到一個罐頭盒，舀出半手心豬油。她熟練地把麵粉和著豬油從手中擠出，然後再用左手一邊往裏灑水，就這樣她揉成了麵團。

「我那時候有奶水，」她説，「我懷著丹芙，可還有奶水給小女兒。直到我把她和霍華德、巴格勒先送走的時候，我還一直奶著她呢。」

她用擀麵杖把麵團擀開。「人們沒看見我就聞得著。所以他一見我就看到了我裙子前襟的奶漬。我一點辦法都沒有。我只知道我得為我的小女兒生奶水。沒人會像我那樣奶她。沒人會像我那樣，總是盡快喂上她，或是等她吃飽了、可自己還不知道的時候就馬上拿開。誰都不知道她只有躺在我的腿上才能打嗝，你要是把她扛在肩膀上她就不行了。除了我誰也不知道，除了我誰也沒有給她的奶水。我跟大車上的女人們説了。跟她們説用布蘸上糖水讓她咂，這樣幾天後我趕到那裏時，她就不會忘了我。奶水到的時候，我也就跟著到了。」

「男人可不懂那麼多，」保羅‧D説著，把煙口袋又揣回馬甲兜裏，「可他們知道，一個吃奶的娃娃不能離開娘太久。」

「那他們也知道你乳房漲滿時把你的孩子送走是甚麼滋味。」

「我們剛才在談一棵樹，塞絲。」

「我離開你以後，那兩個傢伙去了我那兒，搶走了我的奶水。他們就是為那個來的。把我按倒，吸走了我的奶水。我向加納太太告了他們。她長著那個包，不能講話，可她眼裏流了淚。那些傢伙發現我告了他們。『學校老師』讓一個傢伙劃開我的後背，傷口癒合時就成了一棵樹。它還在那兒長著呢。」

「他們用皮鞭抽你了？」

「還搶走了我的奶水。」

「你懷著孩子他們還打你？」

「還搶走了我的奶水！」

白胖的麵圈在平底鍋上排列成行。塞絲又一次用沾濕的食指碰了碰爐子。她打開烤箱門，把一鍋麵餅插進去。她剛剛起身離開烤箱的熱氣，就感覺到背後的保羅·D和托在她乳房下的雙手。她站直身子，知道——卻感覺不到——他正把臉埋進苦櫻桃樹的枝杈裏。

這個故事之後，每次提起她背上的樹，總讓人彷彿看到塞絲怎樣地受盡凌辱與傷害，而作為讀者的我們，卻是眼睜睜地看著她受罪。對於塞絲來說，每次一想到背後的樹，就意味著痛苦的記憶的傷疤。而樹在莫里森筆下，則成了奴隸制罪惡的隱喻。

在黑人的文化傳統當中，死亡只是比喻人的肉身不再存在，但靈魂仍然可以影響人們的生活。莫里森把讀者帶進了這個文化系統，讓讀者

相信寵兒的鬼魂借肉身出現的可信性，把現實與幻想的界線模糊掉，創造出了一個人鬼相遇和相聚的魔幻世界。而寵兒的死而復生，其可信性也來自非洲神話故事和民間傳說。

《寵兒》的敍事技巧也令人嘆服。和福克納一樣，莫里森打破傳統小說強調的時間上的線性敍事，把時間和空間切成碎片，卻透過敍事的邏輯重新拼貼，使讀者目眩神迷，光影處處。《寵兒》的中心情節是塞絲親手殺死女兒，但莫里森沒有一次過把故事説完，而是透過小說中好幾個角度敍述，而且在講述的過程中不斷被肢解，讀者剛剛知道一點線索，敍事者就繞過去説其他事情。待下次提起這個故事時，也是一樣的零散。然而，這樣的閱讀經驗正與人物的最初逃避傷痛的回憶，到後來敢於直面傷疤的情節配合得天衣無縫，使到整個故事的過去和現在聯繫起來。

透過《寵兒》，莫里森向我們展示了美國非洲裔黑人的創傷記憶——奴隸制對黑人在精神和肉體的摧殘所遺留下來的難以忘記的傷痛。從第一部小說《最藍的眼睛》開始，莫里森就關注到黑人能走

到今天的路是那麼的不容易——是一代一代的先輩們在奴隸制下以鮮血，尊嚴和傷痛換取的。其中莫里森尤其關注黑人女性的命運，以及她們那種無懼無畏的赴義精神。莫里森透過《寵兒》，以及後來的作品，引領著讀者追尋黑人女性自覺意識的形成，並與黑人民族意識的覺醒互相呼應，從而構建出一種當代黑人——尤其女性——的主體意識。歷史的傷痛歷歷在目，不易忘記，也不應忘記。正如她說過的：「掌握自己的歷史是非常必要的，人們要了解自己，首先必須了解自己的歷史。」在《寵兒》中，莫里森對美國的黑奴歷史作了十分深刻的反思，因為正是這段歷史使美國黑人帶來了無法言表的傷痛。在書中，莫里森提出了「六千萬甚至更多」的奴隸問題，寵兒的還魂正揭示了那些黑奴亡魂不願回顧的血淚經歷。而《寵兒》之所以感人，正是在於它沒有停留在揭露與控訴上，而是通過寵兒的假借肉身，喚醒無法擺脫沉痛記憶和惦念著自己親手殺死的親生女兒的塞絲，使她直面創傷，從狐獨的陰影中走出來，找回自我。

對莫里森來說，美國非洲黑人文學在美國文學發展中從來只是配角，就像每個黑人出現在文學作品中，總是邊緣人物。而她則要重塑黑人在美國文學作品中的形象，以表現和發揚黑人文化的優點，讓讀者重

新認識美國黑人的模樣。莫里森認為，白人作家不去了解也不願意了解黑人，他們只會按照刻板印象在文學作品去塑造黑人形象，目的是用來反襯白人。這類黑人形象不能與流傳著奴隸制下的黑人先輩們的真正黑人相比，只有深切地體會到黑人痛苦的作者，才能展示真正的黑人形象。簡單地說，除了反映黑人歷史上的不幸境況，還要揭示黑人爭取民主和自由的鬥爭精神，而不是像白人作家一樣，只想掩蓋對黑人的身體上的欺凌和心靈上的摧殘。

延伸閱讀 |《最藍的眼睛》托妮・莫瑞森著；顧悅譯，南海出版社，2005 年
《寵兒》托妮・莫里森著；潘岳、雷格譯；南海出版公司，2009 年

日本作家大江健三郎：
從虛構世界裏
挖剖個人經驗

大江健三郎
一九四四年諾貝爾文學獎得主

個人的な体験　大江健三郎

新潮文庫

　　大江健三郎在其口述自傳中，說到他晚年寫的一部作品《別了，我的書！》：

　　　　我也是一個老作家，必須說出「別了！」的時刻日漸臨近，而且，像我這樣讀書佔據了人生一半時間的人，還想衷心地對自己此前讀過的所有書也道一聲：「別了！」於是，我就考慮搞一個儀式，以這種向大家發表講話的形式，與可以稱之為我的生涯之書的各種書告別（如果可能的話，我打算把這些書親手交給大家）。我想請一次次垂顧書店、而且肯定會比我更長久地生活下去的各位記住那些書。……通過讀書，我們可以知道，寫出那些書的人的精神是在如何活動，一個人的思考又將使其精神如何發揮作用，讀者將借此發現現在的自己遇見了怎樣重要的問題，也就是說，我們也將能夠遇見真正的自己。

（https://www.nobelprize.org/prizes/literature/1994/oe/biographical/）

　　對於大江健三郎來說，這些話尤其真切。通過他寫的書，我們可以知道，他的精神是如何活動，而他的思考又將使其精神如何發揮作用。正如諾貝爾文學獎評獎委員會說的：大江以詩的力量創造了一個想像的世界，並在這個想像的世界中將生命和神話凝聚在一起，刻劃了當代人的困惑和不安。

生於一九三五年的大江健三郎，正是用他的書寫給讀者展現了一個他個人的精神世界。例如在獲得諾貝爾獎的作品《個人的體驗》中，大江借用小説的主人公來概嘆自己對現實的無奈和痛若，但同時又透過這樣子的生活來重新認識自己——他在現實生活中因為有一個被視為智障的兒子而感到痛苦，但又從中解剖自己，努力學習如何面對種種的困惑和不安。

大江健三郎從一九五〇年開始寫作，當時還只是一個中學生，但已顯出其不凡的寫作天分與魅力。他小學時代已喜歡閱讀，而且喜愛哲學思考。當時興起的法國作家薩特加繆等人的存在主義思潮對他產生頗大影響，讓他常常思索人生問題。而他在自己的創作中，把自己和日本民族，以及人類命運聯繫在一起，以探究人生意義。在《個人的體驗》和《萬延元年的足球隊》等作品中，在在反映了存在主義思想對他的影響。其中，人在自身存在中因尋找意義而獲得再生的母題，成了他小説中不時重現的意象。即使到了後期的《憂容童子》，那種影響他早期的哲學思想，仍然是主宰他作品的中心思想，但就加上了不少今天知識界所關注和思考的議題：邊緣，環境，以及回歸生命本原等。

　　大江健三郎一九五四年在東京大學念書時已熱中於薩特、加繆、福克納和安部公房等人的作品，幾年間陸續發表多篇短篇小說。一九五八年憑《飼育》獲得芥川獎，立刻成了日本文壇的明日之星。

　　一九六三年對大江健三郎的創作生涯是一個轉捩點。他的長子大江光在這一年出世，使他的個人和家庭生活起了十分重要的變化。這位正在冒起的青年作家因為新生兒的先天性殘疾而不知所措——嬰兒的頭蓋骨先天缺損，腦組織外溢，經過治療後仍然是個腦殘疾者。兒子的情況使大江受到很大的打擊。同年夏天，他還參加了廣島原子彈爆炸後遺症的調查組，探訪了爆炸中的倖存者，了解到死亡與不幸的降臨是那樣的無法預計，並且如何影響著個人的存在價值。殘疾兒子面臨死亡的威脅使他明白到廣島倖存者的失去親人和死裏逃生的痛苦。把兩者聯繫在一起，讓他更加從存在主義的哲學角度理解生存和死亡的意義。跟著他寫了《個人的體驗》（一九六四）和《核時代的森林隱遁者》（一九六八）等一系列以殘疾人和核問題為題材的作品，裏面充滿著濃厚的人道主義情懷。

《個人的體驗》是以私小說的形式面向讀者。主人公「鳥」結婚二年後孩子出生，當醫生告訴他嬰兒頭部長了一個大瘤，要做手術，但即使做了手術生存下來也可能成為殘疾兒時。他經歷了一段十分複雜的心理交戰，甚至和醫生商量，怎樣可以不讓孩子出生。醫生雖然沒有答應他，但就反建議不按時餵養嬰兒，最後卻因為醫院方面力主開刀割除肉瘤，嬰兒才僥倖存活下來。

　　作為教師的「鳥」在這段期間經歷了善與惡的鬥爭，以及良心的不斷掙扎，體驗了人性的最大錘煉。作為小說，《個人的體驗》以鳥的遭遇折射了社會上人性的心理畸形。鳥的孩子雖然出生時長著如腦袋一般大的腫瘤，但他是無辜的，就像廣島原爆後那些無辜的下一代一樣，由於前代戰爭遺留下來的禍患造成他們的痛苦的形貌。廣島和長崎原爆導致日本出現不少畸形兒和殘疾兒，而無數平民面對這些天生殘疾的兒童，內心的痛苦實不足為外人道，而大江健三郎則以自己的經歷和體驗，對他們，也對自己寄予無限的同情。

　　前面說過，大江的《個人的體驗》繼承了日本私小說的傳統，這是

因為他在小說中把自己真實的生活經歷和內心感受都寫進了小說中。所謂「私小説」，是出現在日本大正時代（一九一二至一九二六）的一種小說寫作形式，是以第一人稱或第三人稱描寫作者自身曾經有過的真切感受和身邊的生活經驗。（中國現代文學中，郁達夫的《沉淪》便是有名的私小説作品。）因此，我們可以借小說的內容來對比一下真實生活中大江對殘疾兒出生的感受。

二十七歲的鳥是一所補習學校的英語教師。他十五歲時被稱為「鳥」，因為他「聳起的肩猶如收攏的羽翼，光滑的鼻樑像鳥喙一般堅硬而彎曲，眼睛泛出遲鈍的膠狀的光，薄薄的嘴唇一直緊繃著，燃燒的火焰一般的硬髮則直指蒼穹。」他在二十五歲結婚之後不久便開始酗酒，整整四星期狂飲，總是喝喝得爛醉如泥。而他平日除了聽唱片便酩酊大醉。最後，他從經驗了七百個小時酒醉狀態中醒過來。

兩年後他的妻子臨產前，醫生給他打電話，說他的新生嬰兒有些異常，要他馬上到醫院去。而鳥則像談論別人的事似的問醫生：「孩子母親沒事吧？」然後他趕到醫院，得悉孩子患的是腦疝，由於腦蓋骨缺損，

腦組織流淌出來，看上去像是有兩個腦袋。院長說，就算動手術，結果也可能成為植物人。鳥當時的反應是跪地痛哭。

　　他在不知所措下想起了女友火見子。大學時代，他們有次因為喝醉酒而睡在一起。他去見火見子，才知道正是那一次使她告別了處女時代。但這次兩人沒有做愛，卻是一起飲酒，他更醉倒在火見子的臥室裏。

　　這個時候，醫生沒有如他期望那樣，放棄救治他的兒子。鳥在絕望之餘，希望醫生拖延手術，讓嬰兒自然死去。但醫生表示「不可以直接動手弄死嬰兒」，但私下裏建議鳥「調整一下給嬰兒餵奶的量」，或者乾脆「用糖水代替牛奶」。而鳥從醫院昏暗的走廊逃回火見子的住處後，卻和她瘋狂造愛。然後，醫院來電話告訴他，醫院專家們決定為嬰兒做手術。但手術如不成功，嬰兒有可能變成植物人。終於，他拒絕了做手術的建議，把嬰兒從醫院抱了回來。他和情人火見子想出幾個方案，甚至想借用黑市墮胎醫生之手埋掉病兒。然而，嬰兒的啼哭使得鳥在內心喚醒了他的良心，最終決定把孩子送回醫院接受治療，以承擔起自己的人生責任。

經歷過良心的掙扎和煎熬，鳥在幾個月後的冬天從醫院接回了造過手術後仍有殘疾的孩子。在家裏，鳥拿起一位外國朋友送給自己的辭典，這本辭典的扉頁上有朋友為他題了「希望」二字。他要立即翻開這本辭典，查閱「忍耐」的語意。

從「私小說」的角度看，這裏面自是有大江的心路歷程和生活體驗。但是《個人的體驗》並不是完全沉湎於描寫個人心理行為的「私小說」，而是透過個人的體驗和不幸，尋找一種哲學性的超脫—— 當時大江的人生哲學就是存在主義，從小說中鳥對殘疾兒出生的反應，便有著存在主義的取態，正如加繆的局外人聽到母親死亡的淡然反應一樣。這種在當時來說，帶有「普遍意義」的世界觀，讓小說主角 / 大江健三郎有種超然物外的反應。

對大江健三郎而言，《個人的體驗》是他創作風格開始成熟的時期。他透過自己親身經歷過的兩件事情—— 長子出生的心靈掙扎和廣島原爆事件後遺症的體會，利用小說敍事對人的存在意義進行反思，而他自己更是開始終生關注殘疾兒童以及核威脅的議題。

正如筆者在篇首說的，存在主義意識主宰著整部小說的調子。大江健三郎這段時期創作的作品，主人公大多是感到無力主宰自身命運的日本當代青年，他們呈現出來的是一種對生活和命運的挫敗感，而最終，則因為對自己存在意義的肯定而有一種不向現實低頭的指向。在小說完結前，鳥及其殘疾兒，以及她的情人火見子都獲得了新生——重新找回做人的基本責任。這種新生，既象徵作者筆下的主人公及其殘疾兒等，也象徵整個民族的重生。

《個人的體驗》正是大江健三郎這種人道關懷的體現。他在經歷過主人公那種複雜的內心掙扎之後，以自身經歷為背景寫成這部長篇小說。因此，瑞典文學院認為作者「通過寫作來驅魔，在自己創造的虛構世界裏挖剖個人經驗，成功描繪出人類的共通點。可以認為，這是成為腦殘疾兒子的父親以後才會寫出來的作品。」而大江健三郎也說過：「隨著頭部異常的長子的出世，我經歷了從未感受過的震撼。我覺得無論自己曾受過的教育還是人際關係，抑或迄今所寫的小說，都無法支撐起自己。我努力重新站立起來，即嘗試著進行工作療法，就這樣，開始了《個人的體驗》的創作。」

《個人的體驗》所體現的人文關懷精神，一直貫串到大江健三郎後期的作品。而在二十世紀末期以後的作品，則更多地關注本土與邊緣的問題。這裏說的本土，是日本民族的反省意識，日本的文化本源和環境等議題。至於邊緣，也是一直以來他所關注的弱勢和被侮辱與被損害者。這種被論者視為文化救贖的思想，在他晚期的作品中尤為突出。瑞典文學院一九九四年給他頒授諾貝爾文學獎時，就已經指出這點：

　　大江健三郎說他的眼睛並不盯著世界的聽眾，只對日本的讀者說話。但是，其中存在著超越語言與文化的契機、嶄新的見解、充滿凝練形象的詩這種「變異的現實主義」。讓他回歸自我主題的強烈迷戀消除了（語言等）障礙。我們終於對作品中的人物感到親切，驚訝其變化，理解作者關於真實與肉眼所見的一切均毫無價值的見解。但價值存在於另外的層次。往往從眾多變相的人與事中最終產生純人文主義的理想形象、我們全體關注的感人形象。

（https://www.nobelprize.org/prizes/literature/1994/oe/biographical/）

引用書目 |《個人的體驗》，大江健三郎著；王中忱譯，金城出版社，2012 年

葡萄牙作家薩拉馬戈：

張開眼睛的盲目——

一個社會學式的人性考察

JOSÉ SARAMAGO
ENSAIO SOBRE A CEGUEIRA

José Saramago

1998 年諾貝爾文學獎得主

在諾貝爾文學獎得獎作家中，葡萄牙小說家喬賽-薩拉馬戈（Jos ē Saramago, 1922.11.16 － 2010.06.18）是比較特別的一個。雖然早在二十多歲時已開始寫作，但是到一九八〇年五十八歲時出版了長篇小說《大地起義》（*Raised Up from the Ground*），才開始受到文壇注目。他在一九九八年六十六歲獲獎，距離他的獲獎小說《盲目》的出版只有三年。（如果以英譯本算，則只有一年。臺灣版跟英譯本譯作《盲目》，大陸版跟葡萄牙文譯作《失明症漫記》，這裏用的的是臺灣版。）他也是以葡萄牙語寫作而獲諾貝爾文學獎的第一人。他的得獎原因，是因為其「富有想像力，富同情心和具嘲諷意味的天馬行空式的寓言故事再次讓我們探尋那難於捉摸的現實。」

《盲目》的故事並不複雜，講的是一個在開著車的人忽然就看不見東西，變成了盲人。一個路人幫他開車把他送回家，並扶他進屋子裏。但原來此人是小偷，他下樓後把盲人的車偷走了。盲人的妻子帶他去看眼科醫生，醫生也不明白為甚麼他突然之間就盲了。而這種盲不是一般盲人的症狀，即眼前黑漆漆（黑矇）的看不見東西，而是眼前都是白矇矇一片，而奇怪的是，這種失明症的眼睛外表看來跟開眼人一樣。

醫生把這種新的症狀稱作白朦，因為找不出其成因，還沒法治。病人回家後，事情變得離奇起來。醫生的眼睛也出現白朦現象，然後也盲了。他意識到這可能是傳染病，便立即向衛生局報告，然後根據指示，馬上遷去隔離的地方——一家廢棄的精神病院。醫生的太太害怕沒人照顧他，也謊說自己也受傳染，跟著丈夫一起去隔離。當局也根據醫生的線索，把去看過眼科醫生的被傳染者找到了，然後都把他們送進被廢棄的精神病院隔離。跟著陸續又有一些失明了的人住進來。起先，只有醫生一個房間的人時，雖然有衝突，但相處還可以，之後進去的人愈來愈多，到最後達到三百餘人。整個精神病院變成一個集中營，守衛因害怕傳染而不跟他們接觸，但最後仍是失明了。在沒人管理的情況下，某個房間一群失明者以流氓和統治者的姿態控制了食物，要營中所有盲人都交出全部財物才可以拿到食物。然後，又強迫所有女性為他們提供性服務。

因為食物被控制，大家都迫於就範。但是，在開眼的醫生太太忍受不了而殺死流氓頭目後，病房的人便群起抵抗。終於燒死了那群流氓，而在守衛已因失明而早已跑掉的情況下，前面說的幾個人也跑到街上，但看到的景象卻讓他們震驚——全城已陷入無政府狀態，街上

的人全都失明了，自己的家也給其他失明人霸佔了。最後，突然地，

第一個失明的人能看到了，然後，其他的也相繼能看到。小說的結尾

是：一直沒盲的醫生太太「站起身走到窗邊，俯瞰滿是垃圾的街道，

俯瞰正在歡呼、歌唱的人群，然後抬起頭仰望天空，眼前一片渾白。

輪到我了，她想。恐懼促使她急急垂下眼光。城市依然在那兒。」（作

者後來另寫一續篇《復明症漫記》）

　　故事有點魔幻性質，接近於拉丁美洲的魔幻現實主義，也像卡夫卡

的小說般，充滿夢幻色彩而不可思議。然而，薩拉馬戈的敘事風格卻是

獨特的。這部小說不像其他傳統小說般有人物性格的描述，和人物對話

間的條理分明。作者沒有在對話中加上引號，沒有分行，也沒有加上說

話者的名字，而是全憑讀者在句子中去感受和捕捉話語的邏輯性。這種

敘事風格需要讀者全神貫注地閱讀，分清誰在說話？誰在敘事？作者在

哪裏……等等。

　　除了小說的藝術手法，小說的人物設計和匠心獨運的情節安排是也

是獨特的。從第一頁開始，整部小說都沒有出現人物的名字。敘事者在

描述他們時，都以「第一個盲人」，醫生，醫生太太，帶墨鏡的女孩等來形容其身分。正如醫生太太所想的：

　　當大家都看不到誰是誰時，知道各人的名字有甚麼用？我們與世界隔絕得如此之遠，將再也不知道自己是誰，甚至再也記不得自己的姓名，何況名字在這兒有何用處，狗與狗之間彼此並不相識，也並不依主人取的名字來辨識彼此，每隻狗之間的不同在於氣味，彼此之間便是用氣味來辨認，我們就像另一種狗，用彼此的吠聲和話語來辨識，至於其他的特徵，五官、眼睛和頭髮的顏色，都不重要，彷彿並不存在似的……。

　　全書最關鍵的人物，正是沒有失明的醫生太太。因為作者設計的這個失明傳染病，眼睛看上去跟正常人一樣，而醫生太太為了照顧丈夫跟他一起進集中營也是常理之中，甚至也能瞞過衛生局。正是因為她的開眼，讓讀者看到了人性如何在被封閉和被蔑視，以及被專政和羞辱之下出現的種種扭曲。作者也借著她的眼睛，描述精神病院的環境，和各人對環境的不同反應，最後也借著她開眼的優勢，殺死了流氓頭子。

這是一個關於社會崩潰的寓言，也是一個社會學式的人性考察。因為所有人都盲了，社會上原本的秩序都不管用，善良者如醫生太太會像聖母瑪利亞一樣，悉心地照顧受難者，但惡人流氓則如魔鬼撒旦，把人折磨得死去活來。在社會秩序和制度崩潰下，人性惡和人性善的一面也暴露無遺。為了能填飽肚子，出賣和叛變有之，忍受屈辱有之，互相提攜照應，犧牲自己成全大家者有之。作者充分顯示了強權之下的種種世態。薩拉馬戈以極具說服力的筆觸，令小說震撼人心，讓讀者印象深刻，從而意識到現代社會管治的的脆弱性，尤其對極權控制的忍辱和順從的描繪令人心寒，從而湧起反抗的本能。

薩拉馬戈然寫的是寓言，卻不是無的放矢。他在里斯本長大，父親是一個普通警員。中學讀的是職訓學校，青年時期幹過汽車修理工等工作。他也熱心寫作，二十五歲出版了他的小說處女作。但由於沒有銷路而停筆，直到十九年後才出版他的第二部作品──一本詩集。又十一年之後，出版他的第二本小說。六十至七十年代是他的社會活動活躍時期。他既以新聞工作者身分為報刊寫稿和發表短篇小說，也參與各種社會活動。一九六九年他更加入了共產黨，可見他當時的關於社會不平現象的意識如何強烈。

一九八〇年他的長篇小說《大地起義》（*Raised Up from the Ground*）出版，其小說家地位才受到注目——那時他已五十八歲。一九八二年出版《修道院紀事》之後，聲名鵲起，一九八四年的《詩人雷伊斯逝世的那一年》獲英國《獨立報》「國外小說創作獎」，一九八八年的《巴達薩與布莉穆妲》首度將他帶進英語出版世界的焦點，一九八九年的《里斯本圍城史》對歷史詮釋作出新面向的探索。一九九二年獲選為當年的葡萄牙文作家。一九九五年出版《盲目》後，獲「西班牙騎士大獎」和法國政府授予的「文學騎士勳章」。一九九八年則獲得了諾貝爾文學獎。

薩拉馬戈直到二〇一〇年逝世時都是以左翼知識分子自居。獲得諾貝爾獎之後，他自己開了一個博客，對社會上各種政治議題發表看法，尤其對美國小布殊的右翼和霸權主義意識型態作出強烈的批判。

引用書目 |《盲目》，薩拉馬戈著；彭玲嫻譯，時報出版，2002 年

德國作家君特‧格拉斯：

一個侏儒眼中的記憶傷痕

Günter

Wilhelm

Grass

dtv

Günter Grass
Die Blechtrommel
Roman

　　二〇一五年四月，德國作家君特．格拉斯（Günter Wilhelm Grass）逝世時，就想寫寫他。最近上香港文學課，向學生提到格拉斯與我的一段因緣。那是和起上世紀八十年代曾經發生過的一件文壇小事有關。

　　我和他格拉斯算是有過一面之緣，但不認識。一九八〇年，《明報月刊》搞了一個座談會，請了去中國訪問路經香港的格拉斯參加座談。香港作家有當時的《明報月刊》總編輯胡菊人和劉以鬯、戴天、余光中、也斯等。座談會的題目是「作家的社會責任」。這個題目也許是因應格拉斯的背景而起的，因為他不但是德國——當時稱作西德——享負盛名的作家（當時還未獲得諾貝爾文學獎），而且是強調作家社會責任的左翼作家。劉以鬯先生在座談會上強調，要作家負起社會的責任，首先要社會負起對作家的責任。其後劉先生在《明報月刊》發表一篇長稿作補充，並以老舍和葉紫等為例子，說明戰時中國作家生活困苦，還談甚麼社會責任。

　　當時曾澍基和黎則奮等人辦了一本雜誌《文化新潮》，我在第一期上寫了一篇長文，反駁劉先生的論點。我主要講出，戰時作家即使生

活怎樣困苦，也沒有忘記作為作家的社會責任，寫出不少聲討侵略者和反映人民生活苦況的作品。我引了格拉斯在座談會上的一段話：「一個作家無論遭遇多大的社會困難，都不能阻止他去寫他要寫的作品，如果他真正一定要寫，真正感到內心有一種動力的話。或者我們沒有充分討論過這方面的情況，這是作家對自己的責任，對他所具有特殊才華的責任，這是他的使命，只有他才能把要寫的東西付諸實現。」

文章發表後在香港文壇引起了一場關於作家與社會責任的爭論小風波。劉先生作為甚具聲望的作家，被我這個無名小子批評當然有些不高興，但他沒有加以辯白，反而他在文壇上的一些作家朋友，以及一些專欄作家，批評我這個初生之犢不明社會實況。其後看到劉先生，他仍然不以為忤，還約我為他翻譯一篇外文小說。這可見劉先生的胸襟。

格拉斯是我喜歡和佩服的作家。但我讀他的小說，卻是由電影開始。當年香港國際電影節放映由他小說改編的《鐵皮鼓》，讓我有種震撼的感覺，後來就把他的但澤三部曲和自傳等都看完。雖然他的自傳後來引起一點爭議，但無損於我對他的佩服。

　　《鐵皮鼓》由德國大師施隆多夫（Volker Schlöndorff）導演，一九七九年在香港國際電影節的譯名為《錫鼓》（臺灣譯名），那時已是原著出版二十年之後。雖然小説在西德已是暢銷書，但在英語世界一紙風行，還是拍成電影之後。原著是厚達四五百頁的長篇小説，導演在兩個小時之內把格拉斯的原著作了十分完美的演繹。敍事者奧斯卡的孩童聲音的旁白和那雙充滿驚恐表情的大眼睛，加上那單調呆板的鼓聲，使到整個故事產生莫以名狀的震撼力。生命的無常，人對暴力的無助，混雜在黑色荒誕的處境中，令人傷感。電影《鐵皮鼓》著重表現小説中的家庭歷史和家庭生活，以呈現人生中的生、老、病、死。電影對小説中的婚姻、婚外情、強姦、暗戀等行為加上許多性行為的描繪和暗喻，影像強烈，層次豐富，即使多年後的今天，於我仍有深刻的印象。後來讀格拉斯的小説，知道性跟生存和死亡都有不可割斷的聯繫。

　　格拉斯一九二七年出生於但澤（即今天波蘭屬地格但斯克），當年則屬於德國。中學期間（一九四四）當納粹德國敗像已呈時，他被徵召入伍，後來因受傷被俘，一九四六德國戰敗後獲釋。一九四九至一九五三年間，他先後入讀杜塞爾多夫藝術學院和西柏林藝術專科學校。讀書期間，他對雕塑、繪畫和寫作有著濃厚的興趣，之後還參加了

著名的文學團體「四七社」，並且陸續發表詩歌、話劇和短篇小說等作品。《鐵皮鼓》出版於一九五九年，奠定了他在德國文壇的大師級地位。當年他在「四七社」誦讀這部小說初稿時，就獲得文友的交口稱讚。《鐵皮鼓》不但是他的重要代表作，也是德國當代文壇的瑰寶。其後他又寫了中篇小說《貓與鼠》（一九六一）和長篇小說《狗年月》（一九六三），雖然跟《鐵皮鼓》沒有上文下理的關係，人物和情節也沒關連，但由於故事都發生在但澤，而主題透過描述納粹興起及其對德國人的「後遺症」，批評和諷刺了德國現實，當出版社決定把三部作品稱作「但澤三部曲」時，作者也表示同意。前面說過，格拉斯是左翼作家。他是德國左翼政黨社會民主黨的成員，有強烈的社會主義傾向，因此他的作品很多時都抨擊德國戰後資產階級的惡行，當年社民黨總理施羅得就曾經稱他為「卓越的社會批評家」。

從歐洲文學傳統看，《鐵皮鼓》可說是一部流浪漢體裁的小說。這種體裁承繼自十六世紀的西班牙小說，主要描寫一個特殊的人物在混亂和衰敗的社會中的流浪生涯，並從中揭示光怪陸離的社會狀況。這些小人物通常以「反英雄」的面貌出現，他們既是「局外人」，但往往在重要關頭都身臨其境。《鐵皮鼓》的架構也差不多，全書共分四十六章，

以框架形結構展開。在小說開始時主角奧斯卡已是一個長著侏儒身材、被視為精神病患者的人。在奧斯卡的敘述中我們知道：一八九九年十月，穿四條裙子的農婦安娜‧布朗斯基在收割土豆時，用裙子救了被憲兵追捕的矮而壯男子。兩人就這樣成了夫妻，生下女兒阿格內絲，就是奧斯卡的媽媽。生下奧斯卡時，他其實是一個異胎，出生不久就能夠聽懂大人講話。並且已經開始思考自己的前途問題。他看到一隻飛蟻撲向電燈，擔心電燈會熄滅：世界如果變成漆黑一片怎麼辦？雖然他很想回到媽媽的肚子裏，可是他的臍帶已被剪斷。他三歲生日時媽媽送給他一個鐵皮鼓，從此成為他的隨身物。他為了不參予成年人世界的遊戲，自己由地窖的樓梯上摔到地面，從此成了長不高的侏儒（身高九十六公分）。他雖然外表有點癡呆，口齒也不清，智力卻是成年人的三倍。他最厲害的絕技是能夠用聲音震碎玻璃。一九四五年他的父親去世時，他被同父異母的弟弟（後來交代是他的兒子）用石頭擊中，從此開始長高到一點二三米。不過，他的長相卻是雞胸駝背，而原本能夠用聲音震碎玻璃的本領也沒有了。

在病牀上的奧斯卡整天敲打著鐵皮鼓，一下一下的回憶往事，故事從而展開。由於身材與別不同，奧斯卡總是冷眼旁觀，既是一個局外人，

同時又是一個現場觀察者。小說由奧斯卡以第一人稱的敘事角度開展，其後加入作者以說故事人的全知觀點插入。兩種視角交相出現，使得整部小說的敘事風格生動活撥。

像電影畫面一樣，奧斯卡在病牀上翻看珍藏的家庭照相簿，看到媽媽許多照片都是跟兩個男人的合影，他因而懷疑自己他的生父是誰，於是索性把那兩個男人都視為「可能的」父親。然後是他的成長過程與經歷——我們知道了奧斯卡出生地但澤的的風土人情和概括歷史，以及各種奇聞異事。而各種故事置於特定背景之下，讓人看到納粹統治前後但澤小市民的日常生活和政治取向。格拉斯把奧斯卡描繪成眾人皆醉我獨醒的智障者，其中的諷刺意味不言可喻，而對認識德國納粹的興衰，更有著深刻的意義。例如說到他的其中一個疑似父親，當納粹來時他不是馬上換上納粹制服，而是先戴上帽子，靜觀其變，發覺形勢對納粹有利時，再加一件襯衫，再來是穿上褲子，然後是長靴。所有這些都是為了自己所開設的商店的利益。入了黨後他也是小心翼翼，從不強出頭，到蘇軍開進來，走進他家前，他連忙把納粹黨徽章扔掉。奧斯卡在旁邊看著，幫他檢回徽章，打開別針，放回到他手中。為了不被蘇軍看到，他連忙吞下徽章，但想不到奧斯卡把別針打開了，

結果被別針刺死，這時蘇軍也發現他是納綷黨，開槍結束了他的性命。從這段情節可以看到，格拉斯通過一個普通小資產階級市民的見風駛舵，呈現出納粹黨之所以能夠上臺，是因為符合和助長了壟斷資本者的利益。此所以《鐵皮鼓》被視為德國人納粹時代的照妖鏡，並同時喚醒人們不敢面對自己的一些隱藏記憶。事實上，《鐵皮鼓》寫出了歐洲人（主要是德國、波蘭、法國、義大利）在一九三三至一九五四年的艱難歷程，和當中需要直面自己的懺悔意識。它同時顯示出作者如何關心現代人的處境，以及他們在歷史長河中怎樣找尋心靈的出路。這部被視為歐洲魔幻現實主義代表作的長篇小說，在一九九九年瑞典皇家科學院授予格拉斯諾貝爾文學獎時，被讚譽為「以嬉戲中蘊含悲劇色彩的寓言描摹出了人類淡忘的歷史面目。」

　　《鐵皮鼓》中兩個重要的意象可以用來詮釋小說的意義。奧斯卡外祖母的四條裙子是《鐵皮鼓》讀者最難忘的一個意象，那是奧斯卡的故鄉但澤，是他的根之所在，格拉斯視之為「最終失去的鄉土」。就是因為這四條裙子，她成了奧斯卡的外祖母。另外就是那個奧斯卡永不離身的鐵皮鼓。奧斯卡三歲時媽媽給了他一個鐵皮鼓，但他從此不再長高，只是到他二十一歲二戰結束時，在父親的墳墓上丟棄了那

個鐵皮鼓，才又開始生長，但卻是畸形的駝背。戰後奧斯卡離開了當時還是波蘭的但澤去西德，遇上長笛手兼爵士樂單簧管樂手的克勒普，才又重新拿起鐵皮鼓，敲擊出「偉大的，永不結束的主題：卡舒貝土豆地，天降十月雨，地上坐著我的外祖母，身穿四條裙子。」鐵皮鼓最終發出的聲音是奧斯卡為了拯救波蘭郵局保衛戰的近視眼維克托，「亡，沒有亡，還沒有亡，波蘭還沒有亡！」透過這段情節，鐵皮鼓的象徵意義呈現出來了。（見下文）

《鐵皮鼓》就像一個舞臺，演出的是第一次世界大戰結束後三四十年的德國和歐洲如何面對法西斯和納粹興起的故事。作者透過奧斯卡這樣一個人物，以戲謔的口吻帶出那一段荒唐而罪孽深重的歷史。在舞臺上，奧斯卡集編劇、導演與主角於一身，然後加上一句旁白：這個世紀的特徵是甚麼？「神秘、野蠻、無聊。」全書內容多處誇張怪誕，作者以魔幻現實主義風格展示的，像是一幅幅漫畫故事，但其中的隱喻和瘋刺，使得這部小說成為二十世紀偉大的名著。奧斯卡的鍾愛打鼓，呼應了一九二四年前希特勒在納粹黨內被稱作「鼓手」的歷史。當他的疑似父親參加納粹集會時，奧斯卡偷偷尾隨。只有九十六公分的他脖子上掛著鐵皮鼓躲在演講臺下面，敲擊著華爾滋，《老虎吉米》（美國的狐步

舞曲）等音樂節奏，把原本莊嚴前進的納粹隊員鼓動得狂熱起來，這種瘋狂的場面正暗喻了當年社會上對納粹的狂熱和盲從。作為左翼作家，把《老虎吉米》放在這裏，也影射了戰後西德對美國的盲從。

但澤被盟軍攻擊時一個逃脫者的故事也使到戰後一些德國人重新審視自己在納粹德國的經歷——這個波蘭郵局保衛戰中的近視眼維克托戰後在聯邦郵局工作，但每到晚上他就東藏西躲，怕被拘捕。最終奉了納粹元首槍決逃兵命令的兩名劊子手找到了他，幸好機警的奧斯卡幫他脫離險境。劊子手表示，由於和平條約尚未簽署，因此元首下達的槍決命令依然有效。小說中的這個情節，促使了奧斯卡把那些往事記錄下來。那些經歷過第三帝國的德國人，看了小說中的情節，像在鏡子中看到了自己，不少人觸動得熱淚盈眶，感概大時代中小人物的悲哀。這正是鐵皮鼓的喻意所在。

納粹黨的全名為「民族社會主義德意志工人黨」。當時的元首希特勒認為，依照「國家觀點」劃分國界是衝突的源頭，只有以「民族觀念和民族原則」劃分國界才能建立「和平新格局」。這正是希特勒侵略擴張、

建立大德意志帝國的冠冕堂皇的理由。因此，西德在戰後對「民族意識」、「民族責任感」這類詞語是十分忌諱的。就是這種罪惡感和紅懺悔意識，使得今天的德國人堅持接收來自敍利亞的難民。

《鐵皮鼓》是一部荒誕劇，其荒誕性是在一個瘋狂的年代中人們如何被慷慨激昂的言詞和理念所鼓舞，從而成為人類悲劇中的一個不可逃避的角色。在德國，有關納粹的回憶和反省的書籍如汗牛充棟，以此來對照中國的文化大革命，今天官方仍是噤若寒蟬，不免令人不勝唏噓。希望，當文革他日獲得真正解放時，也能有一些像《鐵皮鼓》這樣帶給人們反思的作品。

引用書目｜《鐵皮鼓》，君特·格拉斯著；胡其鼎譯，上海譯文出版社，1990 年

Novel 8

南非作家庫切：南非新現實下的恥辱與尊嚴

John Maxwell Coetzee

WINNER OF THE NOBEL PRIZE FOR LITERATURE 2003
WINNER OF THE 1999 BOOKER PRIZE

J. M. Coetzee
DISGRACE

'Exhilarating ... One of the best novelists alive'
SUNDAY TIMES

2003 年諾貝爾文學獎得主

　　大衛・盧里是開普敦大學傳播學教授，今年五十二歲，離了婚過著獨身生活。他解決性欲的方法是去召妓。但因為那個原本是一個好媽媽的索拉維亞給他識穿了身分而不理睬他。

　　一天，他如同「神靈附體」一般，對他的一個二十歲黑人女學生梅蘭妮怦然心動，並誘姦了她。庫切描寫梅蘭妮的態度是半推半就，但抗拒之心是明顯的。之後東窗事發，梅蘭妮的男友到教室、辦公室搗亂，並質問盧里；梅蘭妮的父親也責罵他枉為人師。而校方接到投訴後展開調查，並要求盧里認錯、懺悔，否則可能丟掉教職與退休金。盧里只承認自己犯了錯誤，但拒絕「懺悔」。結果他丟了飯碗，然後走去女兒的小農場，打算清靜一下。一天，正當他與女兒同時在屋子的時候。三個黑人進來搶劫，並輪姦了露茜。

　　事後，露茜報警時隱瞞了被輪姦的一節，後來並懷了孕。盧拉勸她離開，她則堅持留下來，並把農地分給她的黑人僱工，以換取他對她的保護。

至於盧里，自從發生輪姦事件後，整個人悶悶不樂。露茜勸他去幫附近專門照顧即將去世的動物的婦人碧芙。在未發生事時，盧里已經在那裏幫過點忙，他奇怪那些動物即將死亡了，還照顧牠們幹甚麼。這次他自經歷了暴行後，對碧芙的做法有了不同的體會。他甚至幹得很投入。照顧瀕死的動物終於讓他明白，人要做點有意義的事，才算活著。

　　關於《恥辱》的主題，我們先從書名說起。《恥辱》（*Disgrace*），這個字已經把整本小說的重心點了出來。但這個恥辱 Disgrace，發生在誰人身上呢？是作者自己呢？是主角呢？還是哪些人？

　　英文 Disgrace 作為名詞，可解作：不名譽、恥辱、失寵、罷黜、貶斥；招致恥辱的原因與事物等。作為動詞，有玷辱、解職等意。事實上，所有的恥辱都從盧里身上展開。

　　那個索拉維亞不理她，是因為他識破了她身分，並打電話到她家裏。這對索拉維亞來說，是一種羞辱，而這種羞辱比接客更大。

對女學生梅蘭妮來說，那是一種被玷污的恥辱。當盧里第一次爬在她身上時，她別過頭去不看他，並像是沒有反抗的強姦一樣，由他發洩。

對盧里的女兒露茜來說，被輪姦雖然是一種恥辱，但那是一種贖罪式的恥辱。她感到那三個黑人充滿了憤怒，而她知道那種憤怒的來源——反抗侵略者的憤怒，是白人在非洲的沉重的罪惡感使她產生恥辱，因為她和父親都是白人。

還有盧里自己的恥辱。那是索拉維亞、女學生、以及他的女兒帶給他的恥辱。即使他去幫碧芙打理瀕死動物收容所時，他也覺得這是他的恥辱。

在所有的恥辱中，全書要說的，主要是「露茜之恥辱」。這也是小說中最重要和最複雜的內容。與梅蘭妮的被誘姦不同，露茜是被「輪姦」的，而施暴者是新南非現實下的黑人——黑白膚色的種族關係、前殖民統治者與新南非的「主人」，使整個故事的「語境」變得複雜起來。那已經不僅是「肉體」的羞辱，並且指向政治、歷史、種族、仇恨與報復。

露茜之被強暴有女性受辱之恥辱,這是易於理解的,但由於「政治」、「種族」與「歷史」的進入,就使「肉體」的被侵犯具有了強烈的象徵色彩:它是歷史——白人殖民者強暴了南非的土地,也強暴了黑人女子——的反諷,在故事中黑人成為土地的主人,黑人強暴了白人女子。歷史的「報復」與種族的「仇恨」在施暴者施暴的過程中獲得發洩。「受辱者」露茜以痛楚的身與心強烈感受到:「那完全是在洩私憤……——那時候帶著那麼多的私憤。那才是最讓我震驚的——可他們為甚麼那麼恨我?我可連見都沒見過他們。」而受辱者的父親盧里是清醒的:「他們的行為有歷史原因——一段充滿錯誤的歷史——這事看起來是私怨,可實際上並不是。那都是先輩傳下來的。」庫切以小說點出了「歷史」的報復與種族的「仇恨」的必然性結果。他以理性的態度敍述了這個「故事」,並給予它邏輯性和必然性,其中隱含著這樣一種觀點:在南非的歷史中,白人對黑人的歧視與肆虐造成的後遺症,由今天在南非的白人來承受,或者償還。但作者同時通過小說點出,黑人對白人的仇視與施暴本身也是「恥辱」的延伸。

因此,當父親盧里要露茜離開南非去荷蘭時,她選擇「留在這里」,面對「承受恥辱」的後果——與她父親剛好相反:盧里被揭發誘姦女學

生後，沒有留下來承受／償還恥辱的後果，並選擇逃離大學。而露茜不但留下來，並且不舉報被輪姦的恥辱。她也不選擇報復，甚至與黑人佩特魯斯結婚、把土地轉賣給他、當他的佃戶——她甘願代「歷史」受懲罰，正面歷史與現實帶給她的恥辱。

正如仵從巨在〈歷史與歷史中的個人：庫切的魅力與《恥》的主題〉一文中指出〉（《名作欣賞》2004 年 07 期），在「露茜之恥辱」中，揭示了一個深刻而嚴酷的事實：歷史無法割斷；歷史中的個人無法逃脫歷史。在露茜身上，歷史的邏輯在今天成為了她的恥辱，她「必須」因殖民者的「父輩」之罪惡而蒙羞：「他們覺得自己是討債的，收稅的。如果我不付出，為甚麼要讓我在這裏生活？」「也許這就是我該學著接受的東西。從起點開始。從一無所有開始。真正的一無所有。一無所有，沒有汽車，沒有武器，沒有房產，沒有權利，沒有尊嚴。像一條狗一樣。」這正是當年白人殖民者對待黑人的情形。同樣的，施暴者的三個黑人也同樣受困於歷史的邏輯下，「以其人之道還治其人之身」。不過，即使在「歷史的邏輯」底下，他們同樣是活在歷史的恥辱之中。至於盧里，他仍然深藏的白人成見與優越感，使他在面對殘酷和「天網恢恢」的現實時，仍然受困於白人書寫的歷史觀，使他不能像女兒一樣，感受到恥

辱之襲來的邏輯必然性。

在庫切筆下，這種恥辱被描繪成新南非現實的命運。作為一種象徵與寓言，他在小說結尾時讓盧里放棄了出於同情與憐憫想讓一隻年輕的、喜歡音樂的狗再活幾天的念頭：「碧芙說道，『你不留他了？』『對，不留他了。』」庫切在小說中用了擬人化的「他」而不用動物化的「牠」──病狗最終究是要被處死的，這是狗之命運，幾天的苟活對牠並無實質性的意義，就像人不能躲避歷史的命運一樣。整個故事使人想到中國哲學家老子的說話：「天地不仁，以萬物為芻狗。」

《恥辱》同時又是一部關於「尊嚴」Dignity 的小說。人只有在覺得尊嚴喪失時，才會體會到恥辱的感覺。索拉維亞即使是妓女，但她有做母親的尊嚴，當嫖客盧里說看見她作為一個母親出現時，她的尊嚴受到侵犯；梅蘭妮即使被老師誘姦，但她作為女性，有不容侵犯的權利，所以在盧里跟她性交時別過頭去，不正面看他；盧里覺得自己作為大學教授的尊嚴不復存在，所以只有離開大學。他們都不能面對恥辱。而全書中的靈魂人物露茜則不同，她能夠面對恥辱，所以她可以有尊嚴地生活

下去。到小說的最後，當盧里向梅蘭妮的父親謝罪時，他就跟她的女兒一樣，能夠直面恥辱了。因為他和女兒一樣，都知道所有發生在自己身上的恥辱，都是有其因果的。同時，他也覺悟到，沒有甚麼比有尊嚴地活下去更重要——即使是一條狗，也要有尊嚴的活著，有尊嚴地死去。

　　在《恥辱》中，我們看到新南非並沒有從舊南非的陰影中走出來。歷史的邏輯在現實中發揮作用。黑人的血被置換成白人的血，殖民歷史造成了向殖民者報復的現實。庫切視「歷史與歷史中的個人」都活在歷史的邏輯當中，這種視野使他不至囿於民族主義的框框，而能夠從歷史的偶然性和必然性中間，找出殖民者與被殖者之間的歷史脈絡。

引用書目｜《恥》，庫切著；張沖、郭整風譯，譯林出版社，2002 年
　　　　按：本文一律用恥辱。

法
國
作
家
莫
迪
亞
諾
：

從
回
憶
中
搜
尋
生
存
意
義

Patrick Modiano

2014 年諾貝爾文學獎得主

　　二〇一四年諾貝爾文學獎頒給了法國作家莫迪亞諾（Modiano），歐洲文學界大都認為實至名歸（英美文壇卻並不熟悉他，因為之前他的代表作都沒有英譯本）。他獲獎之前，我看過他的中譯本《青春咖啡館》和《暗店街》，之後又看了《夜半撞車》，發覺他寫作的主題方向頗一致，主要是透過回想來追憶往事。而他的這個方向，讓他獲得了諾貝爾文學獎。諾貝爾文學獎評獎委員會讚揚莫迪亞諾：「以回憶的藝術探尋人們難以捉摸的命運，並展現了佔領時期的人生百態。」（for the art of memory with which he has evoked the most ungraspable human destinies and uncoverd the life-world of the occupation.）

　　莫迪亞諾獲得諾貝爾文學獎之前，在法國已是著名作家，並且深受讀者喜愛。他一九六八年（二十五歲）出版其處女作《星形廣場》，並得到文學界的好評和讚譽。其後出版的《環城大道》（一九七二）和《暗店街》（一九七八）分別獲得了法蘭西學院小說獎和龔古爾獎，而他自己也於一九九六年獲得法國國家文學獎。

　　前面說過，莫迪亞諾的作品主要是透過回想來追憶往事，這幾乎是

通往他所有作品的一條線索。他通常透過小說主人公的尋找、回憶和探索，探尋過去歲月的變化，並以一種緬懷和傷感的氣氛述説往事。透過這種對「消逝」的過去的描寫手法，以及他賦予其中的一些象徵意義，讀者進入敍事者的情緒中產生認同感，並同時揭示其意義。以二〇〇四年出版、並獲得法國《讀書》雜誌評為當年最佳圖書的《青春咖啡館》為例，我們可以看到，莫迪亞諾怎樣透過不同敍事者述説一個尋找的故事，同時讓讀者把過去與現在連結起來，產生一種對生活緬懷和惆帳的情緒。

《青春咖啡館》用了四個不同角色去敍事。敍事中心是找尋一個名叫露姬的二十二歲女子。根據敍事者的描述，這個女子像銀幕上女影星一樣美麗。故事圍繞著她的失蹤展開，四名敍事者以第一人稱介紹露姬的人生經歷。這四個人分別是大學生，私家偵探，露姬自己和她的情人羅蘭。從各人的敍事中（其間加入了許多調查與回憶），我們知道，露姬的童年生活缺少父愛，婚姻生活不美滿，在一次離家出走之後，與同性戀情人羅蘭同居。童年缺乏父愛使她患有戀父情意結，而生活帶給她的傷害使她染上毒癮。最後，她以跳樓自殺告終。

　　四個敘事觀點雖然有不同角度，但合起來則是描寫了一個法國問題少女的生活形態。透過敘事者的回憶，調查和追尋，莫迪亞諾展示了一個問題少女生活中的惶惑、焦慮與寂寞，同時又展現了像她這樣一個弱女子不得不向現實低頭，追尋自己的生活，到最終放棄生命的悲劇。作者在書中安排了這樣一句問話：「您找到了您的幸福嗎？」為全書畫龍點晴。莫迪亞諾似乎想告訴讀者，人生無常，幸福不是必然的。

　　回憶使我們審視自己的過去，追尋使我們發掘過去所忽視的人和事，調查使我們發現一些隱藏很久的真相，莫迪亞諾就是以這樣的敘事策略讓讀者一步步接近故事的核心，然後由讀者自己組織出整個事件的來龍去脈，從而發現小說中的象徵意義。

　　《青春咖啡館》正如其他莫迪亞諾小說一樣，除了有一些自傳色彩，並常常借用在生活中看到的一些細節，以豐富小說的真實感。這部小說篇幅不長，分六章以四個敘事者第一人稱交代露姬的的故事。四個人的敘述情節有相同之處，但細節上則因為敘事角度的不同而互相補足。讀者要透過四個故事的合併，才能得出露姬的整體印象。

莫迪亞諾在諾貝獎頒獎禮的演說，正好解釋了他小說的內涵。他說：

　　和其他出生於一九四五年的人一樣，我是戰爭的孩子，更準確地說，我出生在巴黎，我的生命歸功於被佔領時期的巴黎。當時生活在巴黎的人想儘快忘記那段歲月，至少只要記得日常的細節，那些展現了他們所幻想的與和平歲月並無差異的生活點滴。後來，當他們的孩子問起當年的歷史，他們的回答也是閃爍其詞。要不然，他們就避而不答，好像希望能把那段黑暗的時光從記憶中抹去，還有就是隱瞞一些事情，不讓孩子知道。可是面對我們父母的沉默我們明白了一切，彷彿我們自己也親歷過。

　　被佔時期的巴黎是一座古怪的地方。表面上，生活「像之前一樣」繼續──戲院、電影院、音樂廳和餐館依舊營業。收音機裏還放著音樂。去看戲、看電影的人還比戰前多，好像那些地方就是能讓人們聚在一起避難，靠近一起彼此安慰。可是，離奇的細枝末節都在說明巴黎已不是昨日的模樣。鮮少的汽車、寧靜的街道……都在表明這是一個寂靜之城──納粹佔領者常說的「盲城」。

　　就在這樣噩夢般的巴黎，人們會在一些之前從不經過的道路上相遇，曇花一現的愛情從中萌生，明天能否再見也是未知。而後，這些短暫的相遇和偶然的邂逅也有了結果──新生命降臨。這就是為何對我而言，巴黎帶著原初的黑暗。如果沒有那些，我根本不會來到這個

世界。那個巴黎一直纏繞著我，我的作品也時常浸潤／沐浴在那朦朧的光中。

隨著時間流逝，城市裏的每個街區，每個街道都能引發起在這裏出生或成長的人的一段回憶，一次碰面，一點遺憾或是一點幸福。一條同樣的街道串聯起一段回憶，這地方幾乎構成了你的全部生活，故事在這裏逐層展開。那些千千萬萬生活在這裏的、路過的人們也都有著各自的生活和回憶。

這也是為甚麼在我年輕的時候，為了幫助自己寫作，我試著去找那些老巴黎的電話本，尤其是那些按照街道、門牌號排列條目的電話本。每當我翻閱這些書頁，我都覺得自己在通過 X 光審視這座城，它就像一座在水下的亞特蘭蒂斯城，透過時間一點點呼吸著。我要做的就是在這千千萬的名字裏，用鉛筆劃出某些陌生人的名字、地址和電話號碼，想像他們的生活是怎麼樣的。

這種關懷普通人命運的取態，也可見於他的另一篇小說《夜半撞車》中。故事開頭是這樣的：

在我即將步入成年那遙遠的日子裏，一天深夜，我穿過方尖碑廣場，向協和廣場走去，這時，一輛轎車突然從黑暗中冒了出來。起先，

我以為它只是與我擦身而過，而後，我感覺從踝骨到膝蓋有一陣劇烈的疼痛。

我跌倒在人行道上。不過，我還是能夠重新站起身來。

在一陣玻璃的碎裂聲中，這輛轎車已經一個急拐彎，撞在廣場拱廊的一根柱子上。車門打開了，一名女子搖搖晃晃地走了出來。拱廊下，站在大飯店門口的一個人把我們帶進大廳。在他打電話給服務臺時，我與那位女子坐在一張紅皮長沙發上等候。她面頰凹陷部份，還有顴骨和前額都受了傷，鮮血淋淋。一位棕色頭髮理得很短、體格結實的男子走進大廳，朝我們這兒走來。

故事開頭是敍事者三十多年後的回憶。上面提到的女子名叫雅克琳娜·博塞爾讓，開着一輛湖綠色的「菲亞特」（快意）轎車撞倒了故事敍事者。兩人被送往醫院後，曾在病房中交談，等他服藥後醒來時，那名女子已不見蹤影，卻給他留下了一筆錢。之後，他便一直尋找這名女子，而在尋找過程中，各個時期的回憶不斷湧現，讓他經歷了一遍審視自己半生的歷程——他的童年和青少年生活、他與父親的關係、他的愛情，以及他所遇到的一些人和事互相串連起來的關係等等。他按照手上一個不完整的址址和那女子的名字，加上一輛湖綠色

的「菲亞特」（快意）轎車作為線索，開展了尋找和調查的工作。而在過程中，讓他不斷的回憶起一些兒時和青年時期的片斷，使他重新思索了自己過去的生活。最後，他終於找到了雅克琳娜‧博塞爾讓，一切復歸平靜。

重遇那女子是撞車後幾個星期的事，也是小說的最後部份：

和那天夜裏一樣，我取道威納茲街。這條街總是半明半暗。也許那兒停電了。我看見酒吧或餐館的招牌閃閃發亮，但是光線是如此微弱，人們難以看清那一堆車身的陰影，它正好停在這條街拐角前面。當我到了那裏的時候，我內心不禁一陣激動。我認出了這輛湖綠色的「菲亞特」。的確，這並不是甚麼意外，因為，對於找到它，我從來就沒有灰心過。必須要有耐心，就是這樣，而我覺得自己有著極大的耐心。無論下雨或是下雪，我都準備在街頭久久地等候著。

緩衝器和其中一塊擋泥板已經損壞。在巴黎，當然有許多湖綠色的「菲亞特」，但是，這一輛明顯帶有事故的痕跡。我從上衣口袋裏拿出我的護照，索里耶爾讓我簽名的那張紙折疊好了正放在裏面。是的，是一樣的車牌號。

我仔細察看車的內部。後排座位上有一隻旅行袋。我可以在擋風玻璃和刮水器之間留一張便條，寫明我的姓名和「弗雷米埃」旅館的地址。但是，我想要立刻弄個明白，做到心裏有數。車恰好停在餐館前。

　　於是，我推開淺色的木門，走了進去。

　　亮光從酒吧臺後的一盞壁燈灑下，使得兩邊沿牆擺放的幾張桌子置於昏暗中。然而，我卻在我的記憶中清楚地看到了這些牆壁，上面張掛著紅色天鵝絨帷幔，帷幔已十分陳舊，甚至好幾處已被撕裂，彷彿很久以前，這個地方曾經有過富麗堂皇的全盛時期，不過，沒有人再來到這裏。除了我。當時，我還以為我是在歇業以後進去的。一名女子坐在酒吧臺那兒，她身穿一件深棕色的大衣。一位身材和臉龐都像賽馬騎師的年輕人正在清理桌子。他盯著我，問道：「您要點甚麼？」

　　說來話長。我向酒吧枱走去，我沒有去坐在高腳圓凳上，而在她身後停住了腳步。我把手放在她的肩上，她嚇了一跳，回過頭來。她眼神驚訝地盯視我。一道長長的傷痕在她前額劃過，正是在眉毛上面。

　　「您是雅克琳娜·博塞爾讓嗎？」

　　我對自己竟然用這樣冷冰冰的聲音提這個問題而感到驚奇，我甚至覺得，是另一個人在替我說話。她默默地打量我。然後，她垂下眼

睛，她的目光停留在我那羊皮襯裏上衣上的污跡，然後，再往下看，落在我那露出緄帶的鞋子上。

「我們已經在方尖碑廣場那兒見過面……」

我覺得我的聲音變得更加清晰，更加冷漠。我一直站在她的身後。

「是的……是的……我記得很清楚……方尖碑廣場……」

她眼睛一直盯住我，並沖著我微笑，是帶有一點諷刺性的微笑，同那天夜裏——我覺得——在囚車裏的笑容一模一樣。

而結尾則是一個未知的故事的展開，同時也是一個已知的結局：

我記得我們在水族館附近公園裏的小徑漫步。我需要呼吸戶外的空氣。平時，我生活在一種壓抑得如窒息的狀態中——或更確切地說，我已經習慣於小口小口地呼吸，好像必須節約氧氣。尤其是，當您害怕氣悶的時候，不能聽憑自己驚慌失措。不，要繼續有規律地一小口一小口呼吸，等著別人來給您除去這一擠壓您肺部的緊身衣，或者，等待這種恐懼感漸漸地自行煙消雲散。

但是，很久以來，自福松波羅那林區那一段我已經遺忘的生活以

來，這天夜晚，在公園裏，我才第一次深深地呼吸。

我們到了水族館門前。在微弱的光線下，這座建築物依稀可見。我問她是否參觀過水族館。從來沒有。

「那麼，這一兩天我帶您去那兒……」

製訂計畫是令人鼓舞的。她挽著我的胳膊，我則想像，在黑暗和寂靜中，玻璃板後面的這些色彩斑斕的魚兒就在我們身旁遊弋。我的腿在疼痛，我略微有些瘸。然而，她也一樣，她的前額有劃破的傷痕。我問自己，我們將走向怎樣的未來。我感到，在別的時候，我們早已在同樣的鐘點，在同樣的地方，一起行走。沿著這些小徑，我不大清楚自己究竟身在何處。我們幾乎走到那山丘頂了。在我們上方，是夏約宮黑幽幽的大片側翼建築之一。或不如說是昂伽迪納冬季體育運動場的一家大飯店。我從來沒有呼吸到如此寒冷，而又如此宜人的空氣。它以如絲般柔和的清涼滲入人的心肺。是的，我們想必是在山上，在高海拔處。

「您不冷嗎？」她對我說，「我們也許可以回去了。」她把翻起的大衣領子裏緊。回到哪裏？我躊躇俄頃。是啊，去位於那條南下直到塞納河的大街邊上的房子。我問她是否打算在那兒久住。將近一個月。

「那麼，莫拉烏斯基呢？」

「哦……整個這段時間，他都不在巴黎……」

我又一次覺得，我對這個名字很熟悉。我曾聽見我父親口中說出這個名字嗎？我想起，一天，從「帕藍」旅館給我打電話的那個傢伙，他的聲音由於雜音的緣故而聽不清楚。居伊·魯索特。他跟我說，我們和您的父親合開一家事務所。魯索特。莫拉烏斯基。看來，他也有一個事務所。他們都有事務所。

我問她，平時，她和這個叫做索里耶爾的莫拉烏斯基一起能做些甚麼。

「希望知道得更多些。我認為您對我隱瞞了些東西。」

她默默不語。然後，她突然對我說道：「才不呢，我甚麼也沒有隱瞞……生活比你想的要簡單得多……」

她第一次用「你」稱呼我。她抓緊我的胳膊，我們沿著水族館往前走。空氣呼吸起來始終還是又冷又清爽。穿過大街前，我在人行道邊上停住腳步。我出神地看著大樓前的那輛車。那天晚上，我獨自一人來到這裏時，我覺得這座大樓杳無人煙，這條大街闃無一人，好像沒有人再走過這裏。

她又一次告訴我，那兒有一個大陽臺，能看見巴黎全景。電梯緩緩上升。她的手搭在我的肩上，她在我耳旁低聲說了一句話。定時亮滅燈開關已關閉，在我們的頭上，只剩下小長明燈的燈光在閃爍。

為甚麼説是一個已知的結局呢？因為這是三十多年後的一個回憶片斷，如果他們後來再有見面，故事就不會這樣寫。莫迪亞諾諾貝爾文學獎獲獎演詞中說過，這種邂逅故事，在那個時代是那樣的不確定：

　　就在這樣噩夢般（被納粹德國佔領時期）的巴黎，人們會在一些之前從不經過的道路上相遇，曇花一現的愛情從中萌生，明天能否再見也是未知。而後，這些短暫的相遇和偶然的邂逅也有了結果——新生命降臨。這就是為何對我而言，巴黎帶着原初的黑暗。如果沒有那些，我根本不會來到這個世界。那個巴黎一直纏繞着我，我的作品也時常浸潤／沐浴在那朦朧的光中。

　　莫迪亞諾在演詞中引述了詩人湯瑪斯·德·昆西年輕的時候發生過的一件事，讓他終生難忘。

　　在倫敦擁擠的牛津街上，他和一個女孩成為了朋友，就像所有城市中的邂逅一樣。他陪伴了她幾天，直至他要離開倫敦。他們約定一週以後，她會每天都在每晚同一時間在大提茨菲爾街的街角見面。但是他們自此就再也沒見過彼此。「如果她活著，我們一定都會尋找彼

此，在同一時間，找遍倫敦的所有角落；或許我們就相隔幾步，但是
這不寬過倫敦街道寬的咫尺之遙卻讓我們永生沒再相見。」

(https://www.nobelprize.org/prizes/literature/2014/ceremony-speech/)

這個故事也可作為《夜半撞車》的注腳。

參考資料｜《青春咖啡館》中譯本，人民文學出版社，2010年
《夜半撞車》中譯本，人民文學出版社 2005年

英國作家多麗絲・萊辛：

一個寫小說的人在

寫一個寫小說的人

在寫小說

The Golden Notebook

Doris Lessing

2007 年諾貝爾文學獎得主

在學校教小說創作時，我不時強調，到了二十一世紀的今天，基本上沒有甚麼小說創作形式是沒被嘗試過的。由傳統的自然主義和現實主義，現代主義到意識流、新小說，再到後現代主義的後設小說／元小說（metafiction），我們能想到的小說形式，都曾經出現過。當然，那些小說家每一次新的嘗試，都會受到文壇的重視和談論，像福樓拜的心理刻劃和內心獨白，喬哀斯和吳爾芙的意識流，羅布·格里耶（Alain Robbe-Grillet, 1922-2008）的新小說，及約翰·巴斯（John Barth, 1930- ）和多麗絲·萊辛（Doris Lessing, 1919-2013）的後設小說等等——當然還有各種實驗性強的作品，但名氣沒有前面幾位大家所受到的重視。

一些不斷嘗試新形式的小說家，有時會被批評為形式主義者，被認為太注重形式而掩蓋了空無一物的內容。尤其左翼現實主義當道的年代，形式先行更會被視為不關心社會、漠視民生疾苦的逃兵。因此，二十世紀前半葉的西方小說創作也是論爭最多的年代。由於層出不窮的新創作手法的引入，令人目不暇給之餘，也衝擊了傳統的現實主義創作技巧，更發展到資本主義和社會主義兩大陣營的現實主義與現代主義之爭。到了今天，不少論爭已成明日黃花，但其中所討論的一些本質問題，仍然值得重視。筆者無意長篇大論的討論現實主義與現代主義孰優孰劣的問

題，但是，透過這次介紹的諾貝爾文學獎得獎作家多麗絲·萊辛及其著名作品《金色筆記》，也許可以得到一點啟發。

在筆者眼中，二十世紀的小說家中，多麗絲·萊辛與福克納、吳爾芙，加西亞·馬爾克斯等人，都處於小說創作的頂峰。萊辛憑著《金色筆記》（*The Golden Notebook*, 1962）於二〇〇七年獲得諾貝爾文學獎，比其餘幾位都遲。瑞典文學院在頒獎詞中讚揚萊辛是「女性經驗的史詩作者，以其懷疑的態度、激情和遠見，對一個分裂的文明作了詳盡細緻的考察。」而在諾貝爾文學獎頒獎詞中，更稱《金色筆記》為「一部先鋒作品，是二十世紀審視男女關係的巔峰之作。」（見中譯本序，下面引文出處相同）

《金色筆記》主要以一個故事《自由女性》為核心，中間穿插作者（敘事者）的四本筆記：黑色、紅色、黃色、藍色，並由這四本筆記衍生出最後的金色筆記。故事中的四本筆記，其實是主角安娜在演譯不同的自我。她把自己的思想、意識、回憶、思緒和感覺等，以顏色分類記錄下來。《自由女性》是作家安娜的手稿，但在整部小說結構中切割成

五部份，中間插入五個以顏色區分作家心情和思想的筆記本。

　　萊辛以日記、信、書評等文體穿行於五本筆記中間。已離婚的安娜年過三十，正獨力撫養女兒。她的第一部小說雖然獲得成功，但卻累她得了「寫作障礙症」，很難構思出新作品。萊辛就以她的「寫作障礙症」發端，描寫她的困境——友情、事業、愛情方面。在寫作困境下，安娜開始寫日記，記下能夠引發她寫作靈感的人和事。她把日記分成四個顏色，代表她的四種心情。藍色筆記本記錄著她的日常生活；紅色筆記本主要記述她關於政治方面的思考和有關她參與政治運動的人和事；黑色筆記本則記述她回憶從前在非洲的生活以及其後成為作家的生活片段；黃色筆記本主要是關於一些由新聞和雜誌取材的原始資料和構思中的故事內容。四本筆記本佔了全書的的四分之三的篇幅，並建構成《金色筆記》這部小說的複雜結構。（參看目錄）

《金色筆記》目錄（中譯本）

　　萊辛的這種處理手法顛覆了傳統小說的敍事模式。《自由女性》以第三人稱敍事，主角則是一名女作家安娜‧沃爾夫—— 她是五本筆記的作者——筆記的敍事者則是我—— 安娜。金色筆記是在最後黃色、藍色，兩本筆記之間出現，即在四本筆記之後，但是在《自由女性》最後一部份之前。這樣的小說結構，不但在在二十世紀六十年代是前所未有，今天也不多見。這種打亂傳統敍事模式，並同時以進行式發展和拼貼起來的結構，正是後來被稱為後設小說的寫作風格。因此，結構在小說中便有了突出的意義，甚至能夠駕馭內容。

　　如果把小說重新整理，以線性敍事的方式重新講述這個故事，應該是這樣：《金色筆記》的故事發生在二十世紀五十年代，女主人公安娜三十餘歲，由當時是英國殖民地的非洲羅德西亞移居英國。她在非洲的第一段婚姻以離異結束，其後帶著女兒跑到倫敦。在英國，她寫的書《戰爭邊緣》成為了暢銷書，讓她可以維持母女兩人的生活，並且有了一個親密的男朋友。可是，她與這個已婚男人維持五年的親密關係之後分手，對她打擊很大，甚至使她的精神狀態處於頻臨崩潰的邊緣。愛情創傷使她陷入寫作障礙的困境；並積極參加一些左翼文藝團體的活動來修補創傷，後來並加入英國共產黨（最後因失望而退黨）。一次偶然的機會，

她認識了美國作家索爾‧格林（Saul Green），並因而獲得了一種她認為最使她舒服的愛情關係——靈和慾的真正溝通。她也從此克服了寫作障礙，寫出《金色筆記》。

可想而知，《金色筆記》是一部關於「正在寫作中的小說」的小說。這種敍事方式在二十世紀小說創作中是開創性的。萊辛運用了拼貼、電影蒙太奇、記憶閃回等後現代敍事手法，處理的是一個在精神分裂邊沿的女作家的故事。她在給出版商的一封信中說，《金色筆記》是「一次突破形式的嘗試，一次突破某些意識觀念並予以超越的嘗試」。小說出版後，無論形式和內容都引起很大的議論。關於形式，有人批評難於讀完，但也有批評家認為這是萊辛的巔峰之作。內容方面，有人說這是一本關於女性主義的書，也有人說是作者的半自傳體小說。關於最後一點，萊辛在一九六四年的一次採訪中表示：

　　我對有關《金色筆記》的評論很惱火。他們都把它當做一部描寫個人生活的小說——但這僅僅是小說的一部份。這是一部結構高度嚴謹、佈局非常認真的小說。本書的關鍵就在於各部份之間的關係。而他們偏要把它說成是「多麗絲‧萊辛的懺悔錄」。

　　關於《金色筆記》是否有作家自己的影子，萊辛固然是最權威的解釋者。但從小說中安娜的一些經歷，以及她加入共產黨等等背景，卻很難不會令人想到萊辛是把自己的一些個人經驗寫進小說中去。根據萊辛後來寫的自傳《影中漫步》，安娜的生活正是她所經歷過的，雖然有著細節上的不同，但整體地説，從小説中的愛情和政治經歷看來，那是萊辛無疑。雖然萊辛説，這僅僅是小説的一部份，但這種個人生活經驗，正好是《金色筆記》中十分有用的時代背景。萊辛出生於一個英國殖民官員的家庭，幼年隨父母遷居非洲英屬殖民地羅得西亞（即今「辛巴威」）。萊辛的母親執著於將她培養成一個有教養的淑女，把她送進了女子教會學校。這種教會學校的修女以辱罵和恐嚇來教育她，使她的幼小心靈從小刻下難以磨滅的陰影。她十三歲時因眼疾輟學，此後自學成材。十五歲時，她當了寄宿保姆。僱主家中的一些政治、社會學書籍引起了她的閱讀興趣，然後開始寫作。她十六歲後的工作包括電話接線員、保姆、速記員等。她曾把這段時期描寫為「地獄般孤獨」。

　　一九三九年她十九歲，與法蘭克‧韋斯頓（Frank Wisdom）結婚，並生下兩名子女，但幾年後，她離家出走。第二次世界大戰期間，她成為了一個左翼讀書俱樂部的成員，認識了後來成為她第二任丈夫的德國

難民戈特弗里德・萊辛。他在一九四九年再度離婚，但仍隨夫姓萊辛。同年，萊辛帶著幼子移居英國，期望行李中的小說手稿《青草在歌唱》能獲得出版社青睞，結果如她所願，小說終能出版（一九五〇），並一舉成名，而她也成了新進小說家。《青草在歌唱》以黑人男僕殺死白人女主婦的謀殺案為故事中心，從中揭露了英國殖民地下的非洲尖銳而對立的種族關係。《青草在歌唱》預示了萊辛關心反殖運動的熱心，移居倫敦後，她不但投身反殖運動，而且積極參與左翼組織的政治活動，其後更加入英國共產黨。（一九五六年蘇軍鎮壓匈牙利革命，她憤而退出共產黨。）

前面提到，《金色筆記》是一部關於「正在寫作中的小說」的小說。對現實世界中寫這部小說的萊辛來說，這是一個寫故事的循環結構：寫小說的人在寫一個寫小說的人在寫小說。在小說作家萊辛寫的小說《金色筆記》中，小說作家安娜在寫一部叫作《自由女性》的小說。安娜在把寫小說過程中的思考和回憶寫在五本筆記本中。藍色筆記本記錄了安娜在尋找靈感的過程中的所思所感，同時也是作家萊辛透過寫作筆記的故事結構呈現安娜的生活歷程，從而展示了作家安娜，同時也是萊辛的生活經歷。小說中，安娜在頻臨精神崩潰的邊緣時，以寫筆記的方式記

錄了幻覺與現實，而萊辛則以安娜這個虛構的人物呈現在現實中曾經出現過的自己，例如對社會主義的信仰及其後的懷疑；曾經借助心理分析解開心中的枷鎖，以及被背叛的愛情關係等，這種作家和小說人物重疊的鏡像關係，使小說變得立體起來。在《金色筆記》中，開頭的一句話：「兩個女人單獨呆在倫敦的一所公寓裏」，另一人是摩莉（其實是萊辛筆下安娜的一體兩面。）小說作家萊辛既模糊了現實與虛構之間的存在，同時又向讀者說明，他／她們在看一本作家萊辛寫一本關於安娜寫小說過程的小說，而這部《金色筆記》，正是一部關於「正在寫作中的小說」的小說。

　　小說中的安娜有精神分裂症狀，這樣就造就了小說家萊辛利用時空錯亂的零碎片段處理小說寫作者安娜的思維模式。在黑色和藍色兩本筆記本中，我們看到安娜極其零亂的思絮，她記下來的時間和空間是沒有邏輯的，但看完整本小說後，卻又覺得這是理所當然的處理，因為作者萊辛借助了這種跨時空的敍事來達成安娜的治療。萊辛以四本筆記作為立方型的結構，既建構了小說中的〈自由女性〉部份，同時又建構《金色筆記》這部小說。

萊辛在一九七二年版的《前言》中，曾經這樣提到《金色筆記》的創作動機：「在英國，人們很難找到一部像托爾斯泰的《安娜·卡列尼娜》、司湯達的《紅與黑》那樣全面描寫『時代的精神和道德的氣候』的作品。」有鑒於此，她有意要向這些藝術大師學習，為英國文學彌補這一缺憾。而《金色筆記》就是為彌補這一缺憾而寫的。

　　從小說《金色筆記》，我們回到小說中核心故事〈自由女性〉。萊辛在這部份以傳統敘事手法描述兩個女人的故事，即主人公安娜和摩莉。她們都是離異後帶著孩子的獨身女子。兩個女性可說是萊辛的一體兩面。兩人都以獨立自主而自豪，然而，一個偏重於感性，而另一個則偏重於理性。萊辛借她們的故事道出了五十年代女性之不易為，因而也被視為女性主義的先驅。有評論家指她是「原始形態中的女權主義自我意識的先驅。」固然，〈自由女性〉中講出了職業婦女與家庭婦女皆不易為，因為男人可說是幫不上忙的。然而，萊辛自己則強調，她毋寧說只是反映了女性生存的真實境況。她自己則是女性主義的悲觀論者。

　　前面提到過，萊辛的這本小說對小說創作的形式與內容的爭論頗富

啟發性，因為她向我們示範了：即使用一個十分複雜的形式，同樣可以展現時代風貌和各種意識形態鬥爭。《金色筆記》講的雖然是一個作家的心路歷程和作為女性作者個人的愛情經驗。但其中涉及的女性與家庭、事業的抉擇與鬥爭，以及對社會公平正義的思考等，即使到今天二十一世紀，同樣具有現實意義。

引用書目｜《金色筆記》，多麗絲・萊辛著；劉新民譯，譯林出版社，2008 年

加拿大作家門羅：
以現實主義手法
描繪人生的無奈與無常

Alice Munro

2013 年諾貝爾文學獎得主

ALICE
MUNRO

Runaway

"The living writer most likely to be read in a hundred years" - The Atlantic Monthly

記得偶然看過一部電影 *Away from Her*，由茱莉‧姬絲蒂主演。講一對夫婦面對老人癡呆症的問題。患了老人癡呆症的是茱莉‧姬絲蒂演的老太太 Fiona。Grant 和 Fiona 是結婚四十五年的夫妻。電影開場時 Fiona 正出現記憶力衰退的跡象。當 Grant 發覺情況愈來愈嚴重後，終於把她送去療養院。經過三十天不能探訪的期限後，Grant 去療養院看望 Fiona 時，發覺她已認不出他來，只是把他視為一般來探望的朋友。Grant 在旁邊看著，十分傷感，並發現 Fiona 跟一個男院友 Aubrey 十分親暱。原來，由於記憶逐漸失去，她在療養院期間把那個男院友當作自己的伴侶，常常陪伴左右，也十分關心他。Grant 來看她時，她只是覺得這個人是一般朋友，漸漸的連他是誰也記不起來。看到妻子這個樣子，Grant 十分難受，但明白妻子是病人，也無可奈何，只是眼睜睜在旁邊看著妻子和 Aubrey 像夫妻一般恩愛。

雖然妻子不認得自己，但 Grant 還是經常來看她。他發現患病的太太在療養院過得很開心，Aubrey 也是老人癡呆，他的妻子 Marian 因為要到外地去一段時間，暫時把他寄托在療養院。不久，他的妻子把他領回家去，這時候 Fiona 顯得情緒低落，而且了無生趣。

Grant 看在眼裏，心裏也很難受。但奈何妻子已認不得自己，而且把 Aubrey 當作丈夫。不過，療養院的護士告訴 Grant，這個情況會好轉過來的，過不了多久她就會忘記 Aubrey。然而，Grant 看到妻子那種失落情緒，十分不忍。最後，他終於找到 Aubrey 的妻子 Marian，把情況告訴她，目的是希望她繼續讓 Aubrey 住在療養院。但 Marian 因為經濟問題拒絕了。然而，Grant 看出 Marian 生活很寂寞苦悶，而且有性需要。於是 Grant 和她好了起來，並且決定住進 Marian 的家裏，讓 Marian 把 Aubrey 送回療養院。然而，這個時候 Fiona 已經記不起 Aubrey 這個人，相反，她認出了自己的丈夫 Grant。而電影就在這裏完結。

這個電影令我印象深刻，後來知道，那是由二〇一三年諾貝爾文學獎得主門羅（Alice Munro）小說改編而成。電影拍於二〇〇六年，基本忠於原著，只是刪去了原著中一小段描寫 Grant 和 Fiona 年青時相愛結婚的經過，也沒有描述 Grant 在婚姻關係中多次對 Fiona 不忠。故事情節簡單，但看後令人惆悵。電影呈現的那種人生的無奈感令人低迴不已。

小說原名 *"The Bear Came Over the Mountain"*（《翻山過來的

熊》），是一首童謠的名字。意思是對一頭熊來説，山那頭還是山那頭，和山這邊的風景都一樣。熊看到的還是山的另一邊。門羅把這首童謠作為小説的名字，是因為對老年癡呆症的病人來説，山的這邊和那邊都是一樣。Grant 以為 Fiona 忘記了他，其實 Fiona 只是不知道自己曾經去過山的另一邊。她看到的 Aubrey 和 Grant，其實都一樣，都是一個伴侶。

電影很能夠掌握門羅小説中對人性的描繪。門羅曾經借一個小説人物説：「人的生活……沉悶、簡單、神奇、並且難以捉摸／深不可測——就如廚房裏鋪著油毯布的地板下面那個孔洞。」（ "People's lives ... were dull, simple, amazing and unfathomable - deep caves paved with kitchen linoleum." ）

門羅的小説有一種魅力，讓人感受到人生的無常和生活的無奈。瑞典學院諾貝爾文學獎委員會稱她為「當代短篇小説大師」，並稱讚她精緻的講故事技巧和心理現實主義的寫作特色。門羅的小説主角大都是平凡的女性，由青年到老年，為人女者與為人母者，對從少女到人妻與人母的女性心理刻劃入微，不但寫出人性的複雜難解，同時以同情和客觀的視覺呈現

她們在現實中的脆弱與無助。

　　門羅的得獎，文學界大都覺得實至名歸。美國女作家、普利策獎得主Jane Smiley稱讚她的小說「既精妙又準確，幾近完美」。事實上，門羅的短篇小説曾經得過許多重要的文學獎，包括三次獲得加拿大總督獎，以及吉勒文學獎、英聯邦作家獎、萊南文學獎、歐‧亨利獎以及全美書評人協會獎等。其二〇〇四年出版的短篇集《逃離》更是受到不少讚譽，吉勒文學獎評委認為：「故事令人難忘，語言精確而有獨到之處，樸實而優美，讀後令人回味無窮。」

　　《逃離》描寫一個年輕女子想逃離丈夫和惡劣婚姻關係的故事。妻子卡拉有兩次逃離的經歷。頭一次是她十八歲時，因為認識了現在的丈夫，與他雙雙出走，離開家庭。第二次是她要脱離粗魯不文的丈夫，渴求自主的生活而出走。門羅用平實客觀的筆調描寫卡拉的兩次出走，中間加插了他們夫婦養的山羊離奇失蹤又回來的故事，作為象徵卡拉出逃的結局。

故事開始時，卡拉和丈夫克拉克在加拿大一個小鎮生活。他們開了一個小農場，除了教騎馬外，也幫附近的鄰居養馬和練馬。克拉克脾氣火爆，動不動就跟人吵架，也常常對卡拉發脾氣。他們家養了一頭小小的白山羊，但故事開始時已經走失了。門羅是這樣描述那頭小羊的：

不過讓卡拉最不開心的一件事還得說是弗洛拉的丟失了，那是隻小小的白山羊，老是在畜棚和回野裏跟幾匹馬做伴。有兩天都沒見到它的蹤影了。卡拉擔心它會不會被野狗、土狼叼走了，沒準還是撞上了熊呢。

昨天晚上還有前天晚上她都夢見弗洛拉了。在第一個夢裏，弗洛拉徑直走到牀前，嘴裏叼著一隻紅蘋果，而在第二個夢裏——也就是昨天晚上——它看到卡拉過來，就跑了開去。它一條腿似乎受了傷，但它還是跑開去了。它引導卡拉來一道鐵絲網柵欄前，也就是某些戰場上用的那一種，接下去它——也就是弗洛拉——從那底下鑽過去了，受傷的腳以及整個身子，就像一條白鰻魚似的扭著身子鑽了過去，然後就不見了。

走失了的小白羊，到小說結尾階段重又出現。而門羅就是利用小白羊的走失再回家，象徵著卡拉的逃離其實是無功而還。小山羊原是克拉

克買回家裏的，「起初，它完全是克拉克的小寵物，跟著他到處跑，在他眼前歡跳爭寵。它像小貓一樣地敏捷、優雅、挑逗，又像情竇初開的天真女孩，常常惹得他們喜歡得樂不可支。可是，長大之後，好像它更依戀卡拉了，也不那麼輕挑了——相反，它似乎多了幾分內在的蘊藉，有了看透一切的智慧。」

小說名字叫「逃離」，說的雖然是卡拉的出逃，但門羅同時用小白羊的去而復還，隱喻著卡拉最後未能成功出逃，最終仍然留在那個她有點厭倦，但又無可奈何地留下來的家。

小說中的另一個人物，幫助卡拉出逃的賈米森太太，同樣也是處在逃離的境況中。在詩人丈夫去世不久後，她和兩個朋友就逃離加拿大，去了希臘一段時間，最後回到家裏，聽到幫她打掃屋子的卡拉哭訴生活的不如意和丈夫的無理取鬧，便幫助她逃離，以解決當下的困境。

對卡拉來說，逃離成了她生活中的轉折點。當她第一次離家出走，也是想逃離生活中的困境——家人不讓她與克拉克來往，於是她選擇了

和克拉克私奔，雙雙出逃。雖然她媽媽後來給她寫的唯一的一封信說，「你都不明白你拋棄掉的是甚麼東西。」但她卻是義無反顧，在她給家裏留下的簡短字條這樣說：「我一直感到需要過一種更為真實的生活。我知道在這一點上我是永遠也無法得到你們的理解的。」

《逃離》代表了門羅短篇小說的最高境界，其技巧之高超，可說到了爐火純青的地步。整篇小說雖然精雕細琢，但看來純樸自然。其敍事技巧雖然是現實主義，但門羅以細膩的心理刻劃和對比手法，描述卡拉兩次逃離的心境，讓讀者從她的文字中感受到卡拉第二次逃離的矛盾心理。卡拉一方面想離開克拉克，但想到日後生活的徬徨無助和無所適從，終於還是在半路中途拆返，回到克拉克身邊。

門羅的短篇用的基本上都是寫實主義技巧，其作品著重人物心理刻劃，所以被諾貝爾文學獎委員說心理現實主義是她的作品特色。她不像一些現代派作家，以難解或抽象的情節和文風表現主題，而是透過樸素的文筆和細膩的心理刻劃描繪出平淡生活中人生的無奈與無常。

門羅獲得諾貝爾文學獎的時候已經八十二歲，在其差不多五十年的創作生涯中，絕大部份作品都是短篇小説，總共結集出版的包括《快樂影子舞》（*Dance of the Happy Shades*, 1968）《木星的衞星》（*The Moons of Jupiter*, 1982）、《愛的進程》（*The Progress of Love*, 1986）、《青年時代的朋友》（*Friend of My Youth*, 1990）和《公開的秘密》（*Open Secrets*, 1994）、《逃離》（*Run Away*, 2004）、《親愛的生活》（*Dear Life*, 2012）等。另外一部長篇《少女們和婦人們》（*Girls and Women*, 1973）。透過那些短篇，門羅為平凡人的生活，尤其是當代加拿大女性的生活，描繪出一幅幅令人驚嘆的畫像。和門羅一樣，她小説中的女性大都在加拿大小鎮生活成長，但總有一個時刻面臨留在家鄉還是向往大城市的抉擇。而在抉擇過程中，她們往往經歷著人生的轉捩點，或是生活中的變數。因此，門羅筆下的女性往往會被困在文化和道德轉型的界線中掙扎，對家庭的責任，個人的自由，以及內心的召喚作出反應，從而衍生出種種令人低迴淺嘆的故事。

引用書目｜《逃離》，艾麗絲·門羅著；李文俊譯，北京十月文藝出版社，2009 年

托斯妥耶夫斯基：托斯妥耶夫斯基小說中的大愛精神

Fyodar Dostoevsky

托斯妥耶夫斯基這個名字，與我青年時期的成長有著莫大關係。可以毫不誇張的說，我的人道主義人生觀，愛情觀的看法，都受了他的影響。

我是從魯迅的文章中首先認識托氏的。讀了魯迅的《窮人》小引，我便迫不及待地去看他的小說。然後是《被侮辱與被損害者》、《白夜》、《死屋手記》、《罪與罰》、《白癡》、《卡拉馬助夫兄弟》、《附魔者》……等等。總之，能找到他的書的地方，我都去遍了。當時買新書太貴，主要是去舊書店買，找不到就去圖書館借。當時大會堂托斯妥耶夫斯基著作英文版，我借了一次又一次，那段時期，可說是我的托斯妥耶夫斯基歲月。

那時候也不大知道為甚麼那麼迷托斯妥耶夫斯基，後來讀書多了，心理學和哲學知識豐富了，才知道他那種悲天憫人的情懷是如斯的打動我。其中，對人類的愛；對受苦受難者的關懷，和我的秉性有著一種難以言喻的貼近。我一向都沒有宗教信仰，但他的作品中那種基督式的大愛精神，是那樣的深深感動著我。

托斯妥耶夫斯基作品大多有著濃厚的基督大愛精神，這和他曾經歷過死亡之旅有關。一八四九年他二十七歲時，因為參加了醉心於空想主義學說的彼得拉舍夫斯基小組集會被補，並控以企圖推翻現存的法律和破壞國家秩序，被判以絞刑。然而，在行刑前幾分鐘卻得到沙皇的特赦，由死刑改為苦役。從西伯利亞的監獄出來後，他寫了《死屋手記》一書，除了記錄他被判死刑和獲得赦免的心路歷程外，也描繪了他在苦役監牢中看到的各式各樣的人物，並寄以無限的同情。俄國著名評論家赫爾岑曾這樣形容《死屋手記》：

　　此外，且不可忘記，這個時代還給我們留下一部了不起的書，一部驚心動魄的偉大作品，這部作品將永遠赫然屹立在尼古拉黑暗王國的出口處，就像但丁題在地獄入口處的著名詩句一樣惹人注目，就連作者本人大概也未曾預料到他講述的故事是如此使人震驚；作者用他那戴著鐐銬的手描繪了自己獄友們的形象，他以西伯利亞監獄生活為背景，為我們繪製出一幅幅令人膽戰心驚的鮮明圖畫。

（《死屋手記》前言，臺灣遠景出版社，2003 年）

　　在托氏的作品中，我最喜歡的是《白癡》和《卡拉馬助夫兄弟》。

當時看《白癡》時的那種震撼，如今還歷歷在目。那種不求回報的大愛精神；那種對人類相濡以沫的親近，是我內心所追求，但現實上又不敢實行的心情，透過文字的想像世界，令我深深的感動。

《白癡》的故事主要是有關死亡與救贖，以及人間愛和男女愛情的問題。我曾經在討論《白癡》的一篇文章中描述過《白癡》的故事：故事很長，簡單地說，女主人公納斯塔西婭自幼被貴族托茨基收養，在她十二歲時托茨基為她請了家庭教師，並打算把她培養成貴族的千金小姐。可是，當她長大後，托茨基佔有了她，並把她收作情婦。故事開始時，托茨基正想跟梅什金的遠親葉潘欽將軍的女兒結親，所以想盡快把納斯塔西婭嫁出去。他答應付出七萬五千盧布將她嫁給葉潘欽將軍的秘書加尼亞。故事的男主人公梅什金公爵這個時候從瑞士養病後回到彼得堡——他和作者陀思妥耶夫斯基本人一樣，患的是癲癇症，通過遠親葉潘欽將軍夫人的介紹，寄住在加尼亞家中。因而展開了一幕又一幕的既驚心動魄，又扣人心弦的故事。由於故事太長，這裏只交代故事中幾個人物的關係。梅什金在由瑞士回俄國的火車上結識了富家子弟羅戈任，他是納斯塔西婭的追求者。在拜訪葉潘欽將軍的家時，梅什金又認識了他們的三個女兒，其中阿格拉婭性格反叛而鍾情於梅什金。在故事的發

展中，懷有基督心腸的梅什金看到原本性格善良的納斯塔西婭的「墮落」——她竟然答應嫁給用錢來「買」她的羅戈任。梅什金因而打算「犧牲」自己，即使對納斯塔西婭沒有男女間的愛情，在被她問到是否願意娶她時，便一口答應。但納斯塔西婭看見這個天真的梅什金竟然想也不想便答應她，除了認為是對自己施捨外，還覺得自己配不起他，於是挽著羅戈任的手走了。可是，後來當納斯塔西婭知道梅什金將要和阿格拉婭結婚時，她卻當著阿格拉婭面前，問梅什金選擇她還是阿格拉婭。梅什金基於拯救墮落者的基督心腸，竟然答應娶納斯塔西婭，使到阿格拉婭十分傷心和錯愕。最後，納斯塔西婭還是跟了羅戈任，並給充滿妒火的羅戈任殺死。在最後的一幕，梅什金和羅戈任雙雙躺在死去的納斯塔西婭身旁，而梅什金終於舊病復發，再次成為白癡。

《白癡》之所以感動無數讀者，除了不少令人難忘的經典場面外，還有人物之間的愛恨糾纏。托氏說過，他創作《白癡》是為了塑造一個「美好的正面人物」——梅什金公爵。梅什金公爵純真而善良，對所有人都含著基督的大愛感情，但在人性複雜的社會中，他的這種處世方式無疑被人懷疑是白癡。然而，梅什金公爵卻是作者的一個理想人物；是基督式的「十全十美」的人，而故事就是通過他這樣一個基督似的人物展開。

我在另一篇文章中說過，托氏把基督化身在梅什金身上，是要他經歷人生的一個「復活」過程：

托氏以死亡開始梅什金的旅程，又以死亡來結束。他曾經在書信中說過，他想在《白癡》中刻劃一個「美好的正面人物」，即一個可以媲美基督的人物，他瀕臨死亡的邊緣，而他的死亡是要從根本上消除死亡的。於是他不厭其煩地討論死亡：梅什金分別與初相識的羅戈任和葉潘欽將軍夫人及女兒們談到他所看到的一次瀕死經驗：一個被判死刑的囚犯獲得了赦免，跟他談到感受時說：「如果可以不死就好了！如果把生命還給我就好了，那將是多麼美妙呀！那樣我將擁有一切！我會把每分鐘都當成一個世紀，不浪費一丁點光陰，每分鐘都精打細算，分分秒秒都不會白白浪費掉！」 (Fyodor Dostoyevsky，Idiot) 這種瀕死經驗，相信是托氏自己所親身經歷過的。而自此以後，死亡於他，如影隨形，一直在他的作品中出現。在《白癡》中，托氏不但借小說人物之口多次討論死亡，也多次出現死亡的場景。而伴隨著死亡的，是救贖和復活。人不一定是在生命終結時才算死亡，當一個生命到了一大轉折，然後從頭開始，以救贖和復活的形式重現，也是一次死亡的經歷。納斯塔西婭如果由「墮落」中獲得梅什金的救贖，也就是由死亡中復生。羅戈任則是親手製造死亡的人，他不但殺死有希望獲得救贖的納斯塔西婭，就是梅什金，如果不是癲癇病發作，也險些被他殺死了。小說裏面還有好幾個人物迷上死亡。阿格拉婭因為梅什金答應與納斯塔西婭結婚而出走，最後嫁給一個波蘭伯爵，並且「墮

落」成為天主教徒，是另一種形式的死亡。而書中一個選擇「自我毀滅」的角色列別傑夫，和另一個將要自殺的角色伊波利特，也長篇大論的探討死亡的哲學意義。

《白癡》中的死亡，是與救贖和復活相對應的。全書的一個中心目的，是梅什金希望把納斯塔西婭從「墮落」的深淵中拯救出來。就像基督為了拯救世人而甘願接受酷刑一樣，梅什金在救贖納斯塔西婭的過程中，也嚐盡了苦難。他願意以自己的死亡來換取納斯塔西婭的復活，又願意犧牲自己所愛——阿格拉婭，而拯救納斯塔西婭，但最後都無功而還。他除了把這個世界搞得更混亂外，自己也走向死亡之路——最後他癲癇病復發，成了真真正正的白癡，沒有由死亡中復活過來。

死亡和救贖，是在《聖經》中常常看到的主題。托斯妥耶夫斯基的宗教情懷（東正教）透過小說向讀者傳達。但他不是在宣揚教義，而是在把他的懷疑和質問向讀者表白。

法國文學／文化理論家本雅明（Walter Benjamin）在談到《白癡》時

説過，作者「將兒童視為治療青年人及其國度的惟一的良方妙藥。不必提起陀思妥耶夫斯基在《卡拉馬佐夫兄弟》裏賦予兒童生命以無限的療救力量，單從這部小説中，科利亞和梅什金公爵的具有最純淨的孩童氣質的形象，就可以看出這一點。……讀陀思妥耶夫斯基的作品，總能清楚地看出，只有處於兒童的精神狀態，人的生命才能從民族的生命中純粹而充分地發展起來。」（本雅明：《經驗與貧乏》天津：百花文藝出版社）梅什金的天真和純潔無邪，正是還沒涉足世情的童子心態。用社會上成年人的眼光，這無疑是「白癡」。書中描寫他在瑞士治病時，大多時都跟孩子們在一起，使得他的監護人認為他「完完全全是個孩子。」他其後説：「也就是説，孩子氣十足，我只是身材和臉長得像大人罷了，可是在智力發展程度、心靈和性格上，也許甚至在智商上，我都不是個成年人，哪怕活到六十歲，也依然故我」，又承認自己「的確不喜歡和成年人，和大人在一起，——這點我早看出來了。我所以不喜歡，因為我跟他們合不來。不管他們對我説甚麼，也不管他們對我多好，跟他們在一起，不知道為甚麼，我總覺得彆扭，如果我能夠趕快離開他們，去找自己的同伴，我就非常高興，而我的同伴從來都是孩子，這不是因為我自己是孩子，而是因為孩子們對我有一種説不出的吸引力。」

孩子的世界，不是用成人的善惡正邪來分析世界，而是用上帝所賦予的原初天性，即張開手臂接受擁抱和對任何善意都報以笑容。這種超越世俗倫理觀的處世態度，自然與成人世界格格不入。即使與兩位女主人公的愛情關係，梅什金也純以無私的愛來對待她們。他為了拯救納斯塔西婭，即使他的真愛是阿格拉婭，也答應和納斯塔西婭結婚。這種愛，是人之為人的完善性格，但其結果卻是毀滅了兩個善良的女性。他和兩位女性的關係，沒有受到肉體歡愉的欲望所支配，而是純粹的兩性友誼與愛情。也許，托氏想向讀者展示，世俗中人對肉體歡愉的欲望超過了真正的愛情（正如小說中的羅戈任，作者是以他與梅什金作對照），到最後大家都付出了代價。

　　然而，托氏筆下的梅什金並不「成功」，因為他沒有一個圓滿的結局，而是落入真正成為白癡的下場。也許，托氏也明白，純然的天真的孩子天性，不能造就一個「美好的正面人物」，所以他其後又創造了《卡拉馬助夫兄弟》的阿萊沙。雖然這個人物仍是像孩子一樣純真，但就少了許多梅什金那種過於天真的行為。在托氏筆下，阿萊沙是一個理想主義者，對所有人都懷抱著信任與寬容，並有著無限的同情心和悲天憫人的情懷。他對所見所聞的惡事都用善意對待，全因他對人的信任感，他

認為人之所以為惡，是有其可以理解的各種原因。他尤其渴望光明和理想世界的到來，並且深信這是世人所共同渴望的。

　　然而，作者對這個人物並不是一味的讓他展現善心，而是讓他不停的在善惡的矛盾中反思。他與曹西瑪長老的相遇和與哥哥伊凡的對話，讓他的思想產生極大的震撼。對於阿萊沙與曹西馬長老，那是一種愛的延伸。阿萊沙冀求人人都能相愛，而曹西瑪長老告之大愛之道：不應只要修道院實踐愛，而要走入人群，哪裏有愛哪裏就有天堂。他以他哥哥臨終前說的話來告誡阿萊沙：「所有人都是在其他眾人面前犯了過錯，只是人們不知道罷了。如果知道了，立刻就成為天堂了。」「地獄是甚麼？地獄就是永遠不能再愛人了。」他讓阿萊沙知道，每個人不只有自己的罪孽，還有愛。天堂在哪裏？只要願意替別人承受過錯，那就是天堂。修行是：看每個人都是平等的，作僕人的僕人，並且在愛罪人當中，更體會神的奧秘，他堅信這信仰可以救俄羅斯的人民。

　　阿萊沙依著曹西馬長老的教悔前行，雖然沒有甚麼拯救世人的偉大事蹟，但讓我們感受到人間大愛的精神如何在他身上體現：對受苦受難

的人賦與關愛與同情，並讓他們感受到盼望與安慰。然而，在阿萊沙的修行過程中，另一個令他反思和震撼的，是他的無神論的哥哥伊凡。他和伊凡的對話，成為了小說中經典中的經典。

讓我們先回到小說本身：《卡拉馬助夫兄弟》寫了卡拉馬佐夫一家父子圍繞金錢、女人而產生的各種衝突。父親卡拉馬助夫生性貪婪，對性欲毫無節制，更無道德觀念，有著人性中最醜惡的特性。他最後被其長子德米特里所殺。德米特里雖然不羈，但為人坦率，仍有一點兒對上帝的敬畏，因此在內心常常展開心靈與魔鬼的交戰。他十分憎恨父親，並有殺死他的願望，但由於良知未泯，沒有實行。而最後實行殺父的（假手於人），卻是他的弟弟，無神論者伊凡。伊凡是一個知識分子，但他不信上帝的存在。他認為，既然沒有上帝，也就無所謂靈魂不死，因此一切事情都可以被允許。在家庭衝突中，他不但要和父親爭奪家產和女人，還教唆其父親私生子、自私狠毒的斯麥爾佳科夫殺害父親。（伊凡最後因為良心責備而發瘋。）

伊凡作為無神論的代表，與阿萊沙作為有神論的代表，展開了連

場的知性與感性的交鋒，使得整本小説有不少篇章都讓讀者反省上帝與宗教的存在意義。其中，伊凡描述的大宗教裁判官的出現，最能體現無神論者的世界觀：在這一章中，作者（伊凡在這一章中編造的故事）讓上帝降臨人間，並向受苦受難的世人施救，但是被大宗教裁判官阻止，並把他監禁起來，還向人民宣佈他是個騙子。最後，人民紛紛向他投以石塊。

伊凡借大宗教裁判官説出了世俗宗教的權力運作，透過麵包和奇蹟作為上帝的代理人，控制著愚昧的人民，無疑有其真確性，也成為一篇無神論者的宣言。但他的假設——假如上帝不存在，一切事情都可為，卻同時也是為惡者的護身符。然而，人之為人，除了那個不可知的上帝外，還有自己，那個時時刻刻觀照著自己一言一行的良心。所以，伊凡到最後還是逃不過自己的良心，最後他因良心責備而發瘋。

引用書目｜《卡拉馬助夫兄弟》，榮如德譯，上海譯文出版社，2001 年
　　　　　《白痴》，托斯妥耶夫斯基著；榮如德譯，上海譯文出版社，2006 年

維珍尼亞‧吳爾芙：
《到燈塔去》的意識流
與女性的自主意識

Virginia Woolf

　　教創作課的時候，我會專門講一下意識流小說的創作技巧。通常會以美國作家福克納（William Faulkner）和英國作家吳爾芙夫人（Virginia Woolf）為例子。福克納講的是《喧嘩與騷動》，吳爾芙講的是《到燈塔去》（*To the light house*）。吳爾芙是我十分喜歡的作家之一，也是我青年時代的女神。她那張著名照片中的憂鬱眼神，多年來仍然印在我的心坎裏。記得那時候常常跑英國文化協會圖書館，一本又一本借她的書，包括她的小說，日記和書信，還有關於她小說的評論文集。那時候許多英文都看不懂，便努力查字典。那種癡迷程度，就好像單戀一個心儀的女孩子般。後來電影《時時刻刻》（*The Hours*）出來，也趁著教書的便利，一年又一年的放給同學看。《時時刻刻》以吳爾芙的《特洛維夫人》為藍本，探討不同年代的女性處境，看著銀幕上妮歌潔曼維肖維妙的再現吳爾芙的神采，好像有種重新找回女朋友的感覺。

　　吳爾芙的作品中，我最喜歡的是《到燈塔去》。這本小說不但創作技巧圓熟，而且可以說是意識流小說的範本。紐約公共圖書館一百週年選出的世紀之書，小說類中《到燈塔去》就在其中。小說翻成中文後，失去了不少原著的詩意和韻味，但從意識流技巧來說，還是很值得一讀。

《到燈塔去》故事講述一名中產階級太太拉姆齊夫人希望帶六歲的兒子划船去附近的燈塔，但因為天氣原因和歲月磋跎，終於要十年後才能成行，而那時候拉姆齊夫人已經逝世。全書分三部四十一章，是中長篇小說的格局，但整本小沒有甚麼故事情節，對白也少，基本上都是內心獨白和意識流。吳爾芙是有意以兩個女性的視角去寫這本書，其出發點跟《一個人的房間》相同，就是在英國這樣一個階級分等和性別歧視的社會中，女性如何突破範籬而取得自己的個人空間。小說的女性視角充滿著對那個時代的女性關懷，並切身地用批判的眼光，從哲學性思考的角度表達女性觀點。由於小說不像傳統的情節豐富的現實主義故事，其中夾雜大量的意識流和內心獨白，一般讀者要耐心和仔細地閱讀，才能領會吳爾芙小說的特色。

　　《到燈塔去》共分三部。第一部「窗口」描述拉姆齊一家和幾個朋友在海邊渡假屋的傍晚至晚上的一段時間中，拉姆齊夫人的思絮，其中晚餐時段透過拉姆齊夫人的意識流交代各人的性格和關係，以及她的夫妻感情生活的沉悶。第二部「歲月流逝」以詩意盎然的文字描寫因一次而破落的渡假屋中，各人的回憶。當時拉姆齊夫人剛離世不久，由莉莉作為這一部份的主角，用輕淡而哀怨的鏡頭回望從前，除了拉姆齊夫

人，她的長子和和長女也逝去。第三部「燈塔」已是十年後的事，拉姆齊先生終於帶著十六歲的小兒子詹姆斯和女兒卡姆乘小船到了燈塔，而畫家莉莉也完成了十年前因為找不到感覺而停頓下來的那幅拉姆齊夫人肖像畫。

由於編幅關係，這裏不打算詳細剖析全書，只是拿小說的意識流手法來印證吳爾芙小說的高超意識流技巧。小說開頭，拉姆齊夫人説了一句話：

「當然，要是明天天氣好，我們一定去，」拉姆齊夫人説，「不過你可得起大早才行。」

然後故事展開。當時她手上正在織一雙襪子，打算送給燈塔看守人的小兒子—— 如果去得成的話。説了這樣的一句話後，透過拉姆齊夫人的思絮，作者先讓讀者了解拉姆齊夫人對兒子的關懷和愛護：

她的話帶給了兒子極大的快樂，好像一旦決定了，這次遠遊就一定

會實現。在一個晚上的黑暗和一個白天的航行以後，他盼望了彷彿多少年的奇蹟就會出現在眼前。詹姆斯·拉姆齊還只有六歲，但他屬於那個不會區分不同感覺、必須使未來的期望隨同其歡樂和悲傷影響現實的偉大一族，對於這種人，即使在幼小的童年時代，感覺之輪的每一轉動都具有把憂鬱或欣喜的一刻結晶、固定的力量。這時他坐在地上，正在剪陸海軍商店商品目錄冊上的圖片，媽媽的話使他在剪一張冰箱的圖片時感到心花怒放。

從以上一段，我們知道拉姆齊夫人正在織一雙襪子，而她的六歲兒子則在她旁邊坐在地上，正在剪陸海軍商店商品目錄冊上的圖片。而她的心情是愉悅的，也對兒子的將來抱著樂觀的希望：

四周充斥著快樂。小手推車、割草機、沙沙作響的白楊樹、雨前泛出白色的樹葉、呱呱嘈叫的白嘴鴉、搖擺的金雀花、窸窸窣窣的衣裙——一切在他心中是這樣生動清晰，他已經有了只屬於他自己的代碼，他的秘密語言。從外表上看他十足一副堅定嚴肅的神態，高高的前額，犀利的藍眼睛帶著無瑕的純潔坦誠，看到人類的弱點就微微皺起眉頭。母親看著他用

剪刀整齊地沿著冰箱的邊緣移動,想像他穿著飾有貂皮的紅袍坐在法官席上,或在公眾事務出現某種危機時指揮一項嚴峻而重大的事業。

就在這個時候,站在窗子前面的拉姆齊先生冷不防說出這樣的一句話:「可是,明天天氣不會好的。」這樣的冷水讓心情美好的拉姆齊夫人很生氣,她在心裏批評她丈夫這個人不近人情,說的雖然是實話,但傷了孩子的心。她想:「要是手邊有斧頭、撥火棍、或者無論甚麼能在他父親胸口捅個窟窿把他當場殺死的武器,詹姆斯都會把它抓起來的。」她於是補充答了一句:「但是明天天氣可能會好——我想會好的。」然後,不耐煩地「輕輕扭了一下正織著的一只紅棕色的襪子。」又想:「如果她今晚能夠織完,如果他們明天真能到燈塔去,就要把襪子帶去送給燈塔看守人的小男孩,他得了髖骨結核。還要帶上一大堆舊雜誌和一些煙草。」

關於襪子,拉姆齊夫人的思絮就停在這裏,然後,她的眼光望著室內的環境,把她的思絮帶向另一空間:

其實,只要她能找得到的、四處亂放著沒甚麼用處只會使屋子凌亂的

東西，她都要拿去給那些可憐的人，使他們有點消遣的東西：他們整天坐在那兒，除了擦燈、修剪燈芯、在他們一丁點兒大的園子裏把把弄弄之外，甚麼別的事情也沒有，一定煩悶得要命。她常常會問，要是你被禁閉在一塊網球場大小的岩石上，一呆就是一個月，遇上暴風雨天氣可能時間還要長，你會有甚麼樣的感覺？沒有信件或報紙；看不到任何人；你要是結了婚，見不到妻子，也不知道孩子們怎麼樣——是不是生病了……

她就一直讓思絮流動，直到正與她丈夫在陽臺上踱步的朋友查爾斯·坦斯利插上一句話：「風向正西」。她隨即返回現實，在心裏批評這個「無神論者坦斯利」。她用胡說兩字駁斥了他，然後由這個討厭的人聯想到自己：

她向鏡子裏看去，看見自己的頭髮白了，面頰凹陷；五十歲了，她思忖著，也許她本來有可能把事情處理得好一點——她的丈夫、錢財、他的書籍。但是就她個人來說，她對自己的決定永遠不會有絲毫的後悔，永遠不會回避困難或敷衍塞責。……再回到現實來時，她要兒子伸出腿來量度襪子的長度是否合適。「現在站起來，讓我比比你的腿。」

　　上面的引文都在第一章。之所以引述那麼多文字，是想讓讀者看看吳爾芙怎樣利用意識流技巧，以飄忽的思絮把讀者帶離敘事時間和空間。她的自由聯想隨著眼中環境和景物的變化和移動，讓讀者感受到拉姆齊夫人在那種無聊和瑣碎的生活中的頹唐與無奈。她的意識流動從第一章織襪子的時間到開始，到量度襪子，是一個十分短的時間。然後她繼續織襪子。直到第四章，我們仍然看到她在量度襪子：

　　　　「站好別動。別討人嫌。」於是他立刻知道她這回的嚴厲是當真的了，便把腿繃直。她比量了起來。襪子短了至少半英寸，即便是把索利的小男孩長得沒有詹姆斯高這個因素考慮在內，也不夠長：「太短了，」她說，「實在太短了。」

　　到第一部完結的二十章結尾，現實時間是傍晚到晚飯後孩子睡覺的時刻，大約四五個小時之內，可是，拉姆齊夫人意識流動的時間跨度，卻幾乎是她由出生到當下的五十年時間。在第一部最後一章，整章都在描述拉姆齊夫人還在織她的毛襪，到最後一段：她知道他（拉姆齊先生）在看著她。她沒有說話，而是揑著襪子轉過身來，凝視著他。她一面凝視著他，一面臉上開始露出了微笑，她雖然一個字也沒有說，但是他知

道，他當然知道，她愛他。

看到第一部最後這一段，我們知道，《到燈塔去》原來是一部關於愛情的小說。然而，這並不是羅曼蒂克的那種愛情，也不是像《霍亂時期的愛情》那種刻骨銘心的愛，而是一種兩個人無奈地生活在一起的妥協的愛情。這種愛情，正是吳爾芙父母的愛情。他們在日常生活中，正如小說所描繪的，是處處都妥協與忍讓。全書只稱女主人為拉姆齊太太，沒有自己的名字，因為她在經濟上依附丈夫生存，在生活上依附子女而活。

而在第二部中的主角畫家莉莉，則是吳爾芙這一代，也是她自己的寫照——一個敢於闖破禁忌，不視婚姻為必然，自詡為「中性」的女性。她在以拉姆齊先生為代表的父權社會中不容於社會，只有通過繪畫來找尋自己，和表現自己作為女性的天分和特質。當旁邊的男性說女人不能畫，女人不能寫的時候，讓她看清了男性的自我威權和自豪感有時不過是通過凌駕女性而存在。莉莉是在繪畫拉姆齊太太的肖像時，一面通過意識流和內心獨白，探尋女性之存在感而受到啟悟。她從拉姆齊太太身

上看到女性的美和力量，並從中發現了自己。

　　作為一個勇於在技巧上嘗試的作家，吳爾芙的不少作品都是創新實驗，而她在形式上的嘗試總是結合內容的情緒和調子，去探尋她眼中生活真諦。她無心於生活中的瑣碎事務，但對女性的內心世界卻十分敏感。這也是我從青年時代就喜歡上她的原因。

引用書目 | 《到燈塔去》，吳爾芙著；王家湘譯，北京十月文藝出版社，2015 年

意大利作家卡爾維諾：

看不見的城市　看得見的想像

Italo Calvino

ITALO CALVINO

Le città invisibili

　　今年（二〇一五）的諾貝爾文學獎剛揭曉不久，得獎者白俄羅斯女記者兼作家阿列克謝耶維奇自是實至名歸。然而，每次公布後，總有人找出曾被提名者或過去的遺珠。其中三十年前逝世的伊塔羅・卡爾維諾（Italo Cavino, 1923-1985）也會被人以惋惜的口吻提到。不少人認為，要不是卡爾維諾早逝，他應該有機會獲得諾貝爾文學獎。

　　卡爾維諾生於一九二三年的古巴。在其六十二年的生命中，遷徙和旅行是他人生最重要的體現。一九六七年之前，他來往於羅馬、都靈、巴黎和聖萊莫之間，然後移居巴黎。一九七六年之後，他於美國、墨西哥、日本、阿根廷、西班牙等不同城市巡迴講學。這種經由海陸空完成的旅程一方面令他感覺新奇和興奮，同時又使他看到不同城市面貌的重覆和複製。他在其自傳《巴黎隱士》中寫道：

　　　　今天的城市與城市正合而為一，原來用以分開彼此的歧異消失不見了，成為綿互一片的城。……不論國際旅行還是城市間往來，都不再是各式場所的探險，而純然只是由一點移到另一點，兩者之間的距離是一片空虛、不連續性。坐飛機旅行，是一段雲中插曲，在市區內移動，是一則陸上插曲。

城市對於卡爾維諾，是不同情境的合而為一，他不斷嘗試透過作品剖析不同的城市面貌，同時又在心中重整不同的城市形象。他寫於七十年代的幾部經典著作如《看不見的城市》（一九七二）、《命運交錯的城堡》（一九七三）、《如果冬夜，一個旅人》（一九七九），都與城市有關，同時又可見到他對城市各種面貌的思考與重組。在一九六〇年發表的論文《向迷宮挑戰》中，他寫道：

外在世界是那麼的紊亂，錯綜複雜，不可捉摸，不啻是一座座迷宮。然而，作家不可沉浸於客觀地記敘外在世界，從而淹沒在迷宮中；藝術家應該尋求出路，儘管需要突破一座又一座迷宮。應該向迷宮宣戰。

（呂同六、張潔主編《卡爾維諾文集：義大利童話（上）》，譯林出版社 2001）。

把城市視作迷宮，當然不是卡爾維諾的一家之見。拉美作家博爾赫斯和馬爾克斯作品中那種迷宮式的體驗，同樣令作者對城市景觀產生眩惑的感覺。但卡爾維諾的迷宮體驗，則來自他多年遊走於不同城市之間的觀察。而這些觀察展現於小說之中時，卻是一種典型的後現代主義敘事風格。

　　卡爾維諾小說作品既富於幻想力,同時又展現出多層次的敘事空間,總讓一些較少接觸當代文學理論的讀者感到有點無所適從。然而,這種迷宮式的遊戲,卻是令文學愛好者百讀不厭。其作品中所展現的藝術風格,與他服膺於羅蘭巴特的符號學世界不無關係。他從結構主義、後結構主義等理論借鑒,還加上巴赫金的對話理論,寫出結構複雜而寓意深遠的小說作品。就以《看不見的城市》和《如果冬夜,一個旅人》為例子,就可以看到卡爾維諾如何把巴特的能指和所指理論,以及巴赫金的對話理論,得心應手地展現於小說之中。

　　《看不見的城市》是一本結構複雜的迷宮式小說。卡爾維諾借用歷史人物忽必烈(元朝皇帝)與馬可波羅(義大利威尼斯商人,寫有《馬可波羅遊記》),講述(虛構)馬可波羅遊歷世界的見聞。兩人因言語不通而需要用各種激起對方形象思維的方法講述故事。由於對話者的不同文化背景,兩人的溝通過程中出現的由陌生至熟絡,到互相信賴;從身體語言和動作,到把想像與具像聯想起來,都可看出語言溝通與文化互相滲透交集的過程。在《看不見的城市》中,兩人的對話透過想像力與記憶的重組,把馬可波羅所看到的城市一層一層的呈現於讀者眼前,同時透過想像,由忽必烈去意會那些「看不見的城市」的模樣。小說運

用時空交錯的敍事風格，重構了一個又一個看不見的城市，讓讀者通過想像與再現解讀各種城市的意像。

《看不見的城市》共分九章，每一章前後有馬可波羅的對話，中間敍述不同城市的五十五個故事。卡爾維諾把全書分為十一個主題，分別為：

1. 城市與記憶（想像）　　　　　6. 城市與死亡（時間）

2. 城市與眼睛（想像）　　　　　7. 城市與天空（空間）

3. 城市與欲望（想像）　　　　　8. 輕盈的城市（意象）

4. 城市與符號（象徵）　　　　　9. 連綿的城市（意象）

5. 城市與名字（象徵）　　　　　11. 隱匿的城市（意象）

由於篇幅關係，這裏不能詳細描述各個城市的面貌，但從作者對主題的命名，可以知道不同城市所隱含的各種意象。例如第一個主題〈城市與記憶（想像）〉，作者透過對一個曾經有過輝煌時代的城市廢墟作了記憶的延伸，中間加入了各種想像，描述那種輝煌的日子是

怎樣的風光不再。而歷史上沒有一個廢墟是「建設」而成的。卡爾維諾透過馬可波羅（也是他自己）的述說中，追尋歷史中的種種由光輝到頹敗的過程。

卡爾維諾把記憶與想像連在一起，是對歷史的沉思，由沉思而生出更多想像，而想像的空間又帶讀者形塑各種由輝煌到衰敗的城市。透過馬可波羅在旅行中（虛構）的所見所聞，卡爾維諾帶讀者穿透了城市的想像空間，從而激起了他／她們對城市更深邃的沉思。比如，關於安娜斯塔西亞城（Anastasia）：

經過三天南行的旅程，你來到安娜斯塔西亞，有許多源頭相同的運河在城裏灌溉，許多風箏在它的上空飛翔。現在我應該列出在這兒買得到而可以賺錢的貨物：瑪瑙、馬華、綠石髓和別些種類的玉髓；我應該推薦那塗滿甜醬而用香桃木烤熟的、金黃色的雉肉，還應該提一提那些在花園池子裏沐浴的婦女，據說她們有時會邀請陌生人脫掉衣服跟她們在水裏追逐嬉戲。但即使說過這些，也還沒有點明這城的真正本質，因為關於安娜斯塔西亞的描述，雖然會逐一喚起你的欲望而又同時迫你壓抑它們，可是某一天早上，當你來到安娜斯塔西亞市中心，你所有的欲望卻會一齊醒覺而把你包圍起來。整個來說，你會覺得一切欲望在這城裏都不會失落，你自己也是城

的一部份，而且，因為它鍾愛你不喜歡的東西，所以你只好滿足於在這欲望裏生活。安娜斯塔西亞，詭譎的城，就具有這種有時稱為惡毒、有時稱為善良的力量；假如你每天用八小時切割瑪瑙、石華和綠石髓，你的勞動就為欲望造出了形態，欲望也同時為你的勞動造出了形態；而在你自以為正在享受安娜斯塔西亞的時候，其實只是它的奴隸。

　　其中令人沉思的是對一個城市的想像慾望。城市隱含著想像與慾望，有恐懼有歡愉，你的感受並非來自於城市所展現的奇觀雄偉，而是城市它回答你內心的問題，一種氛圍的產生飄盪在城市與人之間，慾望流露，想像飛揚，與它相連結的城市只知道離去，不曉得歸來。（留意文中你我的敘事特色）

　　安那塔西亞城把人的原始慾望置於城市內核，慾望不時會因某種刺激而甦醒，從而把自己變成慾望的奴隸。

還有由想像慾望構成的費朵拉城（Fedora）：

　　灰色的石頭城費朵拉的中心有一座金屬建築物，它的每個房間都有一個水晶球，在每個球體裏都可以看見一座藍色的城，那是不同的費朵拉的模型。費朵拉本來可以是其中任何一種面貌，但是為了某種

原因，卻變成我們現在所見的樣子。任何一個時代，總有人根據他當時所見的費朵拉，構思某種方法，藉以把它改變為理想的城市，可是在他造模型的時候，費朵拉已經跟從前不一樣了，而昨天仍然認為可能實現的未來，今天已經變成玻璃球裏的玩具。收藏水晶球的建築物，如今是費朵拉的博物館：市民到這兒來挑選符合自己願望的城，端詳它，想像自己在水母池裏的倒影（運河的水要是沒幹掉，本來是要流進這池子裏的），想像從大象（現在禁止進城了）專用道路旁邊那高高在上的有篷廂座眺望的景色，想像從回教寺（始終找不到興建的地基）螺旋塔滑下的樂趣。

偉大的汗王呵，你的帝國地圖一定可以同時容納大的石頭城費朵拉和所有玻璃球裏的小費朵拉，不是因為它們同樣真實，是因為它們同樣屬於假設。前者包含未有需要時已認為必需的因素；後者包含的是一瞬間似乎可能而另一瞬卻再沒有可能的東西。

在費多拉，每個人對這個城市的想像都有自己的一個模型，然而，當城市建造完成後，這樣的想像也成了過去或回憶，是一瞬間似乎可能而另一瞬卻再沒有可能的東西。城市建成後各有其生命，隨想像而變化。想像過的城市在一瞬間可能存在，但在另一瞬間又不復存在。

從上面展現的敍事風格，可以看出卡爾維諾的小說議論性頗強，而且需要讀者的參與度頗大；這是後現代主義小說的一種特性。由於小說

內涵的多義性，加上作者所賦予的各種象徵和意象，對讀者來説，既是挑戰，也是一次愉快的閱讀經驗。

小説名字是《看不見的城市》，其實是看得見的想像；是由想像通往具像的文字轉換。八年前在嶺南大學碩士班講授文學批評課時，我曾以《看不見的城市》為評論對象，讓同學以後現代主義的評論手法討論這本小説。最後我告訴同學，作者其實是在告訴你他所看得見的城市，而他看到的，是一個經由不同現實組成的想像出來的城市。

卡爾維諾在一九七〇年一個關於文學幻想的學術會議上説過：「十九世紀的幻想是浪漫精神的優雅產物，很快它就成為通俗文學的一部份。而在二十世紀智力性（不再是情感的）幻想成為至高無上的，它包括：遊戲、反諷、眨眼示意，以及對現代人隱蔽的欲望和噩夢的沉思。」（艾曉明：〈敍事的奇觀〉，《外國文學研究》，1999 年）。

《看不見的城市》正是這段話的最佳證明。

引用書目｜《看不見的城市》，伊塔羅‧卡爾維諾著；張宓譯，上海譯林出版社，2006 年

米蘭·昆德拉：

把青少年時期的夢

化成小說

Milan Kundera

Life is Elsewhere

milan kundera

A NOVEL

APOLLO

Translated from the French by Aaron Asher

　　詹姆斯‧喬伊斯出版於1916年的長篇小説《一個青年藝術家的畫像》
（*A Portrait of the Artist as a Young Man*），敍述主角由童年至青少年時
期成長階段的人生歷程，最後發覺都柏林社會容不下他這樣的藝術家。
無論是喬伊斯本人，或者小説中的年青藝術家，都令人想到十九世紀法
國象徵主義詩人蘭波（Rimbaud）。書中描寫主角斯蒂芬‧迪達勒斯的童
年及青少青時期的心理成長過程，以及他對當代藝術的感悟，給後來另
外一個年青小説家米蘭‧昆德拉很大的啟發。當時仍居住在捷克的昆德
拉用了蘭波著名的詩句「生活在別處」作為書名，描寫了一個年輕詩人
的成長歷程。

　　《生活在別處》原來的名字叫《抒情時代》，可見作者的構想是想
記下那個曾經詩意盎然的年代。一戰後，捷克和附近的歐洲國家曾經是
現代主義的搖藍，可是經過社會主義的洗禮，那種飽含抒情的詩意消失
殆盡，代之而起的是口號式的革命現實主義，容不下太多想像空間。小
説主人公雅羅米爾，出生不久便被母親認定為天賦藝術才華的孩子，並
且悉心栽培。雅羅米爾在成長過程中不斷地受到藝術的啟發，並從現代
藝術理論中發現現代主義詩風的美。

《生活在別處》是昆德拉早期作品，故事情節打上了時代的烙印：第一次大戰後，納粹德國佔領時期，前蘇聯社會主義時期，以及著名的一九六八布拉格之春時期。詩人的成長也隨著時代和政治的轉變而作出適應與抉擇。簡單地說，《生活在別處》是昆德拉對五、六十年代捷克文學藝術風貌的一個呈現，並且透過一個青年詩人的成長歷程讓讀者感悟捷克社會面貌的變化及其與藝術的衝突。

　　《生活在別處》的敘事風格跟一般傳統小説不同，而接近於杜斯妥耶夫斯基《罪與罰》的那種心理描寫與作者介入的敘事手法。小説中昆德拉除了以全知觀點描述人物的內心世界外，還有意地現身，解釋事件和提出自己的看法。而昆德拉作為作者的介入，讓人感到他十分在意於讀者對事件和人物的看法。從他不斷的站出來解釋人物和事件中，我們看到，作者如此熱愛自己的國家，但卻寧願選擇生活在別處的無奈。

　　昆德拉生於一九二九年，青年時期的夢想是當雕塑家或畫家；他曾經為劇院和出版社畫過不少插圖。他的父親是一個音樂家，因此童年曾培養出頗高的音樂造詣。他曾經説過，二十五歲之前，音樂比文學對他

有更大吸引力。由於對藝術的愛好，使他鍾情於現代主義詩歌，並且以詩人的角色步入文壇。他曾經出版過包括《人：一座廣闊的花園》等一些詩集，並且翻譯了不少法國詩。此外，他又為劇院寫過三個劇本。然後開始踏上小說家之路。他的第一個短篇小說集為他贏得了名氣，其後寫了第一部長篇小說《玩笑》（一九六七），以黑色幽默的筆觸講述一個荒誕年代的復仇故事。

《玩笑》使昆德拉一舉成名。法國左翼作家阿拉貢稱讚該小說是二十世紀最傑出的小說之一。然而，《玩笑》出版不久便在捷克被列為禁書，而昆德拉的所有作品一夜之間從書店和公共圖書館消失，他本人在電影學院的教職也沒有了，並且不能繼續發表作品。不過，他還是繼續寫他的小說，一九六九至一九七三年間，他寫出了長篇小說《生活在別處》和《告別圓舞曲》，以及一個劇本《雅克和他的主人》。《生活在別處》雖以捷克文寫成，但沒有立即在捷克出版，只是到一九七九年才出捷克版。一九七五年，昆德拉和他的妻子獲准移居法國後，《生活在別處》首先以法文版面世。之後的一九八四年，他出版了《生命中不能承受之輕》，一部使他聲明大噪的傑作。

從以上的背景可知，「生活在別處」的那種他鄉感覺，為甚麼多次出現在他的作品中。因此，《生活在別處》可說是昆德拉探討藝術、詩歌、個人存在三者的關係的感想，而全書很多地方彷似作者的藝術評論，並從中襯托出小一個青年詩人的成長歷程。小說中的詩人雅羅米爾，固然是有著少年昆德拉的影子，但同時他又有著無數像雅羅米爾那樣初涉世途的混囿與無知的少年影子。

五十年代的捷克是斯大林主義統治時期；是政治刑訊、禁書和無故失蹤的年代。但同時又是一個抒情的年代，大學生們慷慨激昂，牆上寫著標語：「夢想就是現實」，「做現實主義者——沒有不可能的事」。在這個時代背景下成長起來的雅羅米爾，由一個崇尚自由詩風變成跟隨官方調子的「邪惡」的人，為表忠心，他告發了情人，同時毀滅了作為詩人的自己。然而昆德拉沒有從道德主義的角度去描寫這個年輕詩人的邪惡，而是以一個既旁觀又介入的態度向讀者解釋他的這種惡念，和他跟隨時代步伐有著莫大關係。昆德拉透過小說展示了這個富有浪漫激情的年輕詩人的心理發展，把他置於一個大時代背景之下，解構了他與社會，情人和母親的關係。

　　昆德拉曾經說過：「對小說家來說，一個特定的歷史狀況是一個人類學的實驗室，在這個實驗室裏，他探索他的基本問題：人類的生存是甚麼？」小說中，雅羅米爾與母親的關係是弗洛依德心理學母子關係的呈現。母親把對愛情的浪漫夢想寄托於兒子身上，她做不成藝術家，但很早就認定兒子是天才詩人和藝術家。這種寄托變成一種責任重大的母愛，同時成為少年詩人雅羅米爾的夢想與反叛的泉源。在昆德拉筆下，母愛變成一種專制的力量，既可比喻詩人的反叛意識，又可比喻國家專制意識的解讀。

　　小說中，昆德拉為雅羅米爾創造了一個 double；一個叫賽維爾的幻想替身，讓他們在夢中交會。這種夢中之夢不斷出現，讓雅羅米爾在賽維爾身上模糊了夢與現實的分界。因此，雅羅米爾其實是生活在夢中（別處）的一個詩人。例如對愛情，對性，對藝術，都像是詩人的囈語。

　　回應文首所說，《生活在別處》描繪了一個年輕藝術家的畫像；是西方典型的成長小說格局。這個年輕人有蘭波早熟的詩才，也有青年喬伊斯那種天才藝術家的放浪。昆德拉曾經這樣描述《生活在別處》：「對

我所稱之為抒情態度的一個分析。」因此，這部最初定名為《抒情時代》的小說，無疑是作者對他曾經生活過的抒情時代的總結。昆德拉透過小說，探討了詩人成長期對激情和肉欲的追求；對追尋理想生活的探求。作者在心理描寫方面著墨甚多，是現代主義模式的心理小說。因此，對小說中少年詩人的每個階段──童年、少年和青年時代──的心理成長歷程，作者都十分注重其心理刻劃。其中少年時期那種對愛和欲的心理描寫十分仔細，活靈活現地刻劃出少年時期那種對性和愛的混囷感覺。而作者又借用了意識流的敘事方法，時空交錯地呈現少年詩人對夢境與現實的模糊感覺。

然而，《生活在別處》畢竟是一個年輕詩人的悲劇。他認為自己在從事一項偉大而崇高的事業──維護社會主義的純潔性，結果出賣其女友，並與啟蒙老師決裂。正如中文版譯後記所言：「當生活在別處時，那是夢，是藝術，是詩，而當別處一旦變為此處，崇高感隨即便變為生活的另一面：殘酷。」

下面摘錄《生活在別處》的一些警句，可以看出小說的敘事風格，

以及作者如何介入小説敍事中：

　　溫情只有當我們已屆成年，滿懷恐懼地回想起種種我們在童年時不可能意識到的童年的好處時才能存在。溫情，是成年帶給我們的恐懼。溫情，是想建立一個人造的空間的企圖，在這個人造的空間裏，將他人當孩子來對待。溫情，也是對愛情生理反應的恐懼，是使愛情逃離成人世界（在成人世界裏，愛情是陰險的，是強制性的，負有沉重的肉體和責任）、把女人看作一個孩子的企圖。

　　她想到藝術家的愛也許完全是出於誤會，她老問他為甚麼愛她。他總是回答，他愛她就像拳擊手愛蝴蝶，歌唱家愛沉默，惡徒愛村姑。他總是説，他愛她一如屠夫愛小牛膽怯的眼睛，閃電愛寧靜質樸的屋頂。所以他愛她，是因為她與他不同，他破壞她，摧毀她，然後重新創造出一個他企望的她。

　　他在另一段生活裏，另一段故事裏，他無法在他目前所處的生活中拯救他已經不在場的生活。但是窗外的那個世界更加美麗。而如果他為此拋棄他所愛的女人，這個世界則會因為他付出了背叛愛情的代價而彌足珍貴。

　　只有逃向崇高藉以逃避墮落！

　　已經是夢的尾端。最美妙的時刻，是一個夢尚在持續，另一個夢

已經臨近的時候，這時他醒了。那雙撫摸他的手，就在他一動不動地站在群山背景之中的時候撫摸他的手屬於另一個夢裏的女人，一個他即將要墜入其中的夢，但是克薩維爾還不知道，因此在此刻，這雙手只是單獨存在著的，僅僅作為手；在茫茫的空間裏一雙奇跡般的手；兩段奇遇之間的手，兩段空茫之間的手；即不屬於身體也不屬於頭的手。

睡眠對於他來說不是生命的反義詞；睡眠對他來說就是生命，生命就是一種夢。他從一個夢轉到另一個夢，就好像從此生命到彼生命。

他看著她，心想他真是美麗，美得讓人很難離開，但是窗子以外的那個世界更加美麗，而如果他為此拋棄他所愛的女人，這個世界則會因為他付出了背叛愛情的代價而彌足珍貴。

最糟糕的不在於這個世界不夠自由，而是在於人類已經忘記自由。

自由並不始於雙親被棄或埋葬之處，而是始於他們不存在之處：在此，人們來到這個世界卻不知道誰把他帶來。在此，人由一個被扔入森林的蛋來到世間。在此，人被上天啐到地上，全無感恩之心踏入這塵世。

他總是關注自己，想要審視自我，可是他找到的只是那個全副心思放在自己身上，審視自我的那個形象。

他的一生就是在被遺棄的電話亭裏，在沒有連線，根本無法接通

任何人的聽筒前的漫長等待。現在，他面前只有一個解決辦法：就是
從被遺棄的電話亭中走出來，儘快出來！

　　她的愛究竟值多少呢？幾星期的悲哀。很好！那麼，甚麼樣的悲
哀？一點挫折。一星期的悲哀又是甚麼樣呢？畢竟，沒有人能夠一直
悲痛。她在早晨憂傷幾分鐘，晚上憂傷幾分鐘。加起來會有多少分鐘？
她的愛值多少分鐘的悲哀？他值多少分鐘的悲哀？

引用書目｜《生活在別處》，米蘭‧昆德拉著；袁筱一譯，上海譯文出版社，
　　　　　　2014 年

普拉斯的小說與詩：
利用個人經驗
探討死亡與重生

THE BELL JAR
Sylvia Plath

Sylvia Plath

　　曾有一段時期，我頗為迷戀有關自殺的文學作品。記得看過有關自殺的書中，有一本是詩人兼評論家奧佛瑞茲（A. Alvarez）一九七一年出版的 *The Savage God-A Study of Suicide*，（已有中文譯本：《野蠻的上帝——自殺的人文研究》，臺灣心靈工坊出版）。其中印象最深刻的，是關於西爾維婭‧普拉斯（Sylvia Plath）那一章。

　　普拉斯自殺前，奧佛瑞茲是英國《觀察家》（*Observer*）詩歌版的詩評作者，對當時只是在英美新詩人中小有名氣的普拉斯十分賞識，普拉斯自殺前寫的一些詩，都先朗讀給他聽。奧佛瑞茲在普拉斯死後寫過一些文章談論他所認識的休斯（Ted Hughes, 1930-1998）和普拉斯這對詩人夫婦。

　　《野蠻的上帝》以整章的篇幅記下他們交往的經過，以及普拉斯三次自殺的情形。書中記述普拉斯第一次自殺時把自己困在地下密室的那個情景，事隔多年仍然歷歷在目。雖然短短的一段，我仍然感覺到它的震撼力：她小心地偷拿安眠藥，故意留下紙條誤導家人以免行跡敗露，她藏身在地窖荒廢的角落，將背後弄亂的木柴重新排好，把自己

像骨骸般葬於家中最深處的密室，然後吞下一整瓶五十顆安眠藥。

　　普拉斯第一次自殺時二十歲，第二次自殺是十年後她跟休斯分居後，自己故意駕車失事—— 這是她親口向奧佛瑞茲承認，那不是意外事件。第三次則是相隔不久之後，在家裏開煤氣自殺，最後終於「得償所願」。

　　普拉斯在第一次自殺八年之後（一九六一）開始寫作 *The Bell Jar*（內地譯作《鐘形罩》，臺灣譯作《瓶中美人》），她把自殺獲救的經過寫進了小說中。此書一九六三年在英國初版時用的是筆名，一個月之後，普拉斯再度自殺。《鐘形罩》出版後因為作者的突然自殺而刺激了銷路，再版時已把作者的名字改回普拉斯。（美國版因為普拉斯母親和詩人丈夫休斯的反對，遲至一九七一年才出來。）

自傳體小說

《鐘形罩》詳細地寫了主角埃斯特（Esther）自殺的情形和獲救的經過，其中的情節，正是曾經發生在普拉斯身上：

> 我知道怎麼下手。
>
> ……
>
> 我下了樓，從餐桌上拈起一個淡藍色信封，在背面煞費苦心地塗了幾個大字：「散步去，要走很久。」
>
> ……
>
> 我拉開母親五斗櫃上層的右邊抽屜，抽出噴了香水的愛爾蘭亞麻手絹下的藍色珠寶盒，解下別在黑天鵝絨上的小鑰匙，然後開啟保險盒的鎖，取出那瓶新近拿到的藥丸。比我預期得還多。
>
> 少說也有五十粒。
>
> ……
>
> 我下樓去，走進廚房，轉開水龍頭，給自己倒了一大杯水。帶著

水和藥瓶，走進地下室。

　　地下室的窗縫中篩進微弱的海底光線。暖氣油灶後面的牆上，約與肩齊高處有個狹小空隙，通往房子與車房之間的過道下方不可見處。地下室是先有的，然後才加蓋了過道，蓋在這隱密的泥土空隙的上方。幾根壁爐生火用的腐朽老木柴擋住了洞口。我把它們推開了點，然後把水杯及藥瓶並排放在一根木柴的平面上，我開始把自己往上頂。

　　我花了相當長的時間，試了好幾次，才把自己拱進那凹處，蜷縮在通往黑暗的入口，像個魚餌。

　　我光著腳，泥地很涼，滿友善的。不知道這一方泥土有多久沒有太陽了。

　　接著，我用力拖動一根根蒙塵的木頭，把洞口攔住。黑暗緻密得像天鵝絨。我伸手去拿水杯和藥瓶，小心低頭用膝爬行，向深處的牆爬去。

　　蛛網觸摸我的臉，像輕柔的蛾翼。我用黑雨衣把自己包緊，宛如它是我的親愛的影子；然後旋開瓶蓋，立刻開始服藥，一次一顆，大口喝水，再一顆，一顆又一顆。

　　最初甚麼也沒有，吃到藥瓶快見底時，眼前開始閃爍紅、藍色光。瓶子從我指間滑落，我躺下了。

　　寂靜如浪潮般退去，貝殼，小石，我生命遭到船難後的粗劣遺物全都浮現。然後在視界的邊緣，寂靜又捲土重來，一個大浪劈頭蓋臉把我沖入睡鄉。

　　　　　　　　　　　　　　　　　　　　　（中文譯文引自《瓶中美人》）

　　這種對自殺和瀕死的描述吸引了我──作家選擇自我了結生命的儀式總是令我好奇，為甚麼有些文學創作者要在人生的某一階段了結自己的生命？奧佛瑞茲自己的經驗，維珍尼亞·吳爾芙、海明威和其他自殺作家，都讓我想到，天才，瘋狂和自殺其實是三位一體的。

　　《鐘形罩》被稱為自傳體小說，講述上世紀五十年代女大學生埃斯特一年左右的經歷。故事由她因徵文比賽得獎，獲一家女性時尚雜誌邀請到該雜誌任見習編輯開始。普拉斯筆下的埃斯特，高而纖瘦，像是首次由小鎮走進繁華都市的女生，對大都會的情景和生活都感到好奇和陌生。和她一起因徵文得獎在同一家雜誌社實習的十多名女大學生，卻是如魚得水，在光怪陸離的大都會中自得其樂。交男朋友，她不能像其他女孩子般放任，她有一個青梅竹馬的男朋友，她總是覺得不能跟他一起，

後來發覺他「欺騙」她，沒有為她堅守童貞而不滿。

　　紐約的生活令她格格不入，一個月後回到家鄉，更因為哈佛大學的寫作班拒絕了她而感到煩躁不安，她想寫小說，但似乎沒有靈感，不安感令她連續二十一天都沒有好好睡過：

　　　我看到日日年年如同一長串白色的箱子向前排列，在箱子與箱子之間橫隔著睡眠，彷彿黑色的陰影一般。只是對我來說，那將箱子與箱子分割開來的長長的陰影突然啪地一聲繃斷了，一個又一個白天在我面前發出刺眼的白光，就像一條白色的，寬廣的，無限荒涼的大道。

　　用今天的醫學術語，埃斯特明顯地患了憂鬱症，甚至是精神病，她常常連衣服和頭髮都不洗，認為洗了之後又要再洗，重重複複的，太麻煩了。她的一個同學自殺了，她也好不到哪裏去，最後母親把她送去專治精神病人的醫院，她在那裏接受電療，自己被當成木偶般任憑擺佈。

　　普拉斯所寫的，是美國上世紀五十年代年輕女大學生的苦悶，小說

主要通過女主角的眼睛，夢幻般記錄著那段時期的生活片段。青春期女生的煩惱、對愛情和性躍躍欲試的躁動、解放自我的壓抑，使得小說成為那個時代的一面鏡子，映照著美國女權運動出現之前，美國年輕女性那種被禁固於傳統而又無力飛翔的苦悶。

死亡作為儀式

今天看來，故事不怎麼樣，但了解五十年代美國女性生活的，都知道當時美國社會中女性地位就像五十年代的廣告所呈現出來的一樣：好好讀書，目的是嫁一個中產階級的丈夫，然後待在家中守著孩子。普拉斯筆下的埃斯特卻是不一樣——她酷愛文學，志願當詩人，並且正在申請入讀哈佛大學的寫作班。她是一個極度敏感的女孩子，根據弗洛依德的理論，她有戀父傾向，對她那早逝的父親總是有點痴戀，因而極度憎恨那個事事都管著她的母親。她向往文學，尤其是詩的精神世界，對紐約大都會的形形色色既好奇又不屑，對性的早熟和對愛情的疑惑使她既想探索性的世界，但又無力面對強悍的男性。以上的矛盾造成了她的精

神壓抑，同時又不時加深了她的心靈亢奮，這是由於她對生命認真，對文學中的靈欲世界迷戀，她認為只有從文學作品中才能追尋生命的豐盈；才能減輕生活中承受的種種苦楚。

埃斯特的這種性格，其實就是普拉斯自己的寫照。不少研究者均從她的詩作、日記和家書中找出其中的對應關係，尤其是女主角的戀父傾向和仇母態度，以及住進精神病院和自殺獲救等情形，都是普拉斯自己所親歷的。

和書中主角一樣，普拉斯是在一九五〇年九月因為獲得獎學金而入讀著名的女校史密斯學院。普拉斯的文學天分早熟，也是校內文學刊物的活躍分子，並且在當時流行的婦女雜誌如《十七歲》等發表短篇小說和詩歌。然而，在醉心文學的同時，她的內心卻是苦悶和憂鬱的。普拉斯的父親在大學教生物學，並精於養蜂（普拉斯後來在一些詩中，都用到蜜蜂作意象），她的母親也教德語。八歲那年父親去世對她打擊甚大，這不但是她第一次面對死亡，也是她一生的轉捩點。她變得十分憂鬱，對管束甚嚴的母親極度仇視，當她的母親告訴她父親的死訊時，她竟然

說：「我不再與上帝通話了」。

由於大學課業出眾，普拉斯獲得多個獎學金。在大學二年級時因為獲得寫作獎，被紐約時尚雜誌《小姐》選中，到紐約擔任一個月的客座編輯，使她首次接觸繁華大都會如夢幻般的生活。然而，回到家裏後，她由於憂鬱症愈加嚴重，出現精神分裂的症狀，最後由她母親把她送進一家精神病院，並且慘受電療的煎熬。《鐘形罩》主要就是根據上述那些真實經歷，再加上小說化的情節寫成。

《鐘形罩》描寫的自殺經歷，發生在主角（也是普拉斯）二十歲的時候。普拉斯後來在幾首著名的詩作中，都提到她的自殺經驗。在〈女拉撒路〉（Lady Lazarus）那首詩中（摘譯），她寫道：（注：普拉斯後期的詩作，用她的話說，是要聽著感受的。她在 BBC 朗誦這首詩和下面的〈爹哋〉，有著一股敲問靈魂的鏗鏘之聲，令人不期然的跟著她的調子轉：www.youtube.com/watch?v=esBLxyTFDxE）

〈女拉撒路〉

我又再做一次了。

I have done it again.

每十年都得做一次

One year in every ten

由我來安排——

I manage it----

像活生生的奇跡，我的皮膚

A sort of walking miracle, my skin

光亮如納粹的燈罩，

Bright as a Nazi lampshade,

我的右腳

My right foot

是塊紙鎮

A paperweight,

我的臉毫不突出，像一塊

My face a featureless, fine

平滑的猶太麻布。

Jew linen.

把餐巾拿掉

Peel off the napkin

噢我的仇敵。

O my enemy.

我那麼駭人嗎？——

Do I terrify?----

鼻子，眼窩，整副的牙齒？	The nose, the eye pits, the full set of teeth?
酸腐的氣息	The sour breath
過一天就會消逝。	Will vanish in a day.
快了，快了，被墳穴吞噬	Soon, soon the flesh
的肉身	The grave cave ate will be
將重返我身	At home on me
我是一個含笑的女人。	And I a smiling woman.
我才三十歲。	I am only thirty.
但像貓一樣可死九次。	And like the cat I have nine times to die.
這是第三次了。	This is Number Three.
這一大堆廢物	What a trash
每十年都得清除掉	To annihilate each decade.

（這詩寫於她自殺前發生車禍之後，她自承那是一次蓄意自殺，所以是第三次）

關於普拉斯的自殺，歷來有兩種說法，一是她的死意甚決，二是她還是希望獲救。奧佛瑞茲傾向於第二種說法，根據他的描述，普拉斯在種種陰錯陽差之下延誤了救護，才不能救活過來：要是事情的發展沒有那麼多巧合——如果瓦斯沒滲透下去，樓下鄰居應該就能起來幫打工的女孩開門——毫無疑問地，她一定會被救活。我認為她其實希望被救活，否則何必留下醫生的電話號碼？和十年前不同的是，現在的她有太多的牽掛讓她走不開。首先是她兩個孩子，她對他們的熱愛，使他們無法失去彼此，再來，她現在明白她擁有優異的創造力，使她每天詩作源源不絕，而她也終能再進行一部可以盡情發揮的小說。（《野蠻的上帝》）

死亡是一種儀式

普拉斯在一九五六年獲獎學金到英國劍橋留學時認識當時的英國新銳詩人休斯，兩人很快就墜入情網，並閃電結婚。她們的婚姻關係維持了六年，其間生了一對子女，大女兒在普拉斯自殺時只有兩歲，兒子更

是只有十三個月大。一九六二年普拉斯因發現休斯與一個女性朋友有染而分居，她獨自帶著兒女，同時埋首創作，最後在新居中開煤氣自殺。（和休斯通姦的女子，後來自殺，死前更把跟休斯生的兒子殺死。）

在最後的那段日子中，普拉斯一方面感到十分絕望，但同時她的創作力卻是無比旺盛。奧佛瑞茲是那段時期和她談得最多的朋友，她常常把新寫的詩在他面前朗讀，其中也包括〈拉撒路夫人〉和〈爹哋〉兩首詩的初稿。他回憶道：

縱使外表看起來朝氣蓬勃，但她仍舊寂寞、易感且不加以掩飾；縱使她的詩蘊含能量，但不論以何種標準來看，也都還帶點細緻精微為表現而表現的曖昧。在詩裏，她心無旁騖地面對自身的恐懼，而為此所投注的心力與伴隨而來的風險，對她就像興奮劑一樣：情勢愈惡劣她寫得愈直接，想像力也愈豐沃。就像災難最終來臨時，結果往往會證明事情並沒有、也不會如我們原先想像那麼糟一樣，她現在寫來更加肆無忌憚、流暢敏捷有如要阻斷即將到來的恐懼。其實這是她生命中一直在等待的時刻，現在這一刻已經來到，她知道她該好好把握。「毀滅的激情，同時也是一種創造的熱情。」十九世紀俄國虛無主義代表詩人麥可·巴枯寧曾經這麼說過；對希薇亞（西爾維婭）而言，這是真的。她將憤怒、難以平息的怨懟、對苦痛的極度敏感，轉化為

一種慶典的儀式。（《野蠻的上帝》）

在〈女拉撒路〉和〈爹哋〉兩首詩中，這種「慶典的儀式」是十分明顯的。在前面引述過的〈女拉撒路〉中，普拉斯把自殺寫成美妙動人，認為這是令她再生／復活的前奏。詩中所描述的自殺情景，正是《鐘形罩》中的自殺過程，也即是她一九五三年親身體驗過的了結自己生命的儀式。她把自己後來奇蹟般地獲救當成是自己的再生／復活；把自殺說成是由死至重生的必由之路：「死去／是一種藝術，和其他事情一樣／我尤其善於此道／我使它給人地獄一般的感受／使它像真的一樣／我想你可以說我是受了召喚。」

就是這種由死亡過渡到新生的期望，普拉斯讓人看到，她如何把死亡看成是一種儀式；一種由生入死，又由死亡到再生／復活的儀式。而在普拉斯的這種新生儀式中，用作祭禮的，是她的父親，或者是父親形象的男性，包括她那個離異的詩人丈夫休斯。在〈爹哋〉那首詩中，父親／丈夫形象成了祭禮中的犧牲品，兩個形象重疊在一起，只有父親／丈夫的死亡，自己才能獲得重生：

（普拉斯的朗讀：http://www.youtube.com/watch?v=6hHjctqSBwM）

〈爹咃〉

你沒有用了，你沒有用了

黑色的鞋子，再沒有用

在裏面我猶如一隻腳

活了三十年，蒼白而可憐，

不敢喘息也不敢打噴嚏。

爹咃，我不得不殺掉你。

你在我要殺你之前早就死了——

沉重得像大理石，滿滿的裝著神，

如長著一隻灰白腳趾的恐佈雕像

巨大如三藩市的海豹

（注：普拉斯父親在三藩市做昆蟲研究）

Daddy

You do not do, you do not do

Any more, black shoe

In which I have lived like a foot

For thirty years, poor and white,

Barely daring to breathe or Achoo.

Daddy, I have had to kill you.

You died before I had time--

Marble-heavy, a bag full of God,

Ghastly statue with one gray toe

Big as a Frisco seal

頭顱深藏於怪異的大西洋底下，

它長出來的茂密的青綠淹沒著海藍

在瑙塞特港外那片美麗的水域。

我常祈禱能把你重新找回來。

呃，你啊。

說的是德語，生於波蘭小鎮

那個已被滾軋機碾平的小鎮，

是戰爭，戰爭，戰爭。

但小鎮的名字實在平常。

我的波蘭籍朋友說

這種名字的小鎮有一兩打。

所以我永遠說不清楚

你的根在哪裏，你去過甚地方，

我永遠不能跟你說話。

舌頭總是卡住出不了聲。

And a head in the freakish Atlantic

Where it pours bean green over blue

In the waters off beautiful Nauset.

I used to pray to recover you.

Ach, du.

In the German tongue, in the Polish town

Scraped flat by the roller

Of wars, wars, wars.

But the name of the town is common.

My Polack friend

Says there are a dozen or two.

So I never could tell where you

Put your foot, your root,

I never could talk to you.

The tongue stuck in my jaw.

舌頭卡在帶刺的鐵絲網內。	It stuck in a barb wire snare.
我，我，我，我，	Ich, ich, ich, ich,
我總是難以發聲。	I could hardly speak.
我覺得每個德國人都是你。	I thought every German was you.
而那語言很髒	And the language obscene
火車開動，火車開動	An engine, an engine
嚓嘎聲中把我像猶太人般打發掉。	Chuffing me off like a Jew.
打發到達豪，奧斯威辛或悲爾森。	A Jew to Dachau, Auschwitz, Belsen.
我變得像猶太人一樣說話。	I began to talk like a Jew.
我覺得最好還是做個猶太人。	I think I may well be a Jew.
蒂洛爾的雪，維也納的清啤	The snows of the Tyrol, the clear beer of V
不是那麼純那麼真。	Are not very pure or true.
我吉普賽的血統和我詭異運道	With my gipsy ancestress and my weird lu
再加上我的塔羅牌，我的塔羅牌	And my Taroc pack and my Taroc pack
我真可能有點猶太血緣。	I may be a bit of a Jew.

我一直都害怕你，

你那像德國空軍，軍人橫蠻的腔調。

你修剪齊整的鬍子

你的亞利安眼睛，明澈湛藍。

裝甲兵，裝甲兵，哦，你——

不是上帝而是一個納粹黨徽

黑壓壓的透不出一絲天空。

每個女人都崇拜一個法西斯，

臉上像黑色的皮靴，畜生一樣

像你長著畜生一樣的獸心。

你站在黑板前面，爹哋，

在我保存著的那張照片裏，

一道裂痕長在下巴而非腳上

但魔鬼始終是魔鬼，絕不遜於

那黑衣男人

I have always been scared of you,

With your Luftwaffe, your gobbledygoo.

And your neat mustache

And your Aryan eye, bright blue.

Panzer-man, panzer-man, O You--

Not God but a swastika

So black no sky could squeak through.

Every woman adores a Fascist,

The boot in the face, the brute

Brute heart of a brute like you.

You stand at the blackboard, daddy,

In the picture I have of you,

A cleft in your chin instead of your foot

But no less a devil for that, no not

Any less the black man who

他把我那嬌紅的心咬開兩半。

Bit my pretty red heart in two.

我十歲時他們埋葬了你。

I was ten when they buried you.

二十歲時我試圖一死了之

At twenty I tried to die

回到你那裏，回到，回到你那裏。

And get back, back, back to you.

哪怕你只剩下一堆白骨。

I thought even the bones would do

但他們把我從屍袋拉出來，

But they pulled me out of the sack,

用膠水把我粘合成一個整體。

And they stuck me together with glue

於是我明白該怎麼做。

And then I knew what to do.

我把你做成模型，

I made a model of you,

一個黑衣男人帶著《我的奮鬥》的表情

A man in black with a Meinkampf look

以及喜歡使用拷問架和螺絲。

And a love of the rack and the screw.

我只有說願意，願意。

And I said I do, I do.

所以爹哋，我終於告別你了。

So daddy, I'm finally through.

黑色的電話線被連根拔掉，

The black telephone's off at the root,

聲音就是無法爬越過去。

The voices just can't worm through.

如果我殺掉一人，即殺掉兩個——　　　If I've killed one man, I've killed two--

也殺掉聲稱是你的殭屍　　　The vampire who said he was you

他啜飲著我的血已有一年，　　　And drank my blood for a year,

是七年了，如果你真想知道。　　　Seven years, if you want to know.

爹吔，你現在可以重新身躺下了。　　　Daddy, you can lie back now.

（注：休斯喜穿黑衣）

你肥大的黑心中釘著一根木椿　　　There's a stake in your fat black heart

村民們從沒有喜歡你。　　　And the villagers never liked you.

他們在你身上跳舞踩腳，　　　They are dancing and stamping on you.

他們一直知道那就是你。　　　They always knew it was you.

爹吔，爹吔，你這混蛋，我告別了。　　　Daddy, daddy, you bastard, I'm through.

（根據范靜嘩譯本，筆者作了一點改正，部份重譯。）

「殺死」父親與丈夫

普拉斯的執意「殺死」父親，既是和丈夫有外遇而離異而關，同時也是顯現她很想把自己從自憐和自虐的深淵中抽身出來，擺脫受父親形象糾纏的決心。作為詩人，她通過藝術手段呈現出她的自毀傾向，但又處處顯現出她很想自救，擺脫父親 / 丈夫的魔掌：「你站在黑板前面，爹哋，/ 在我保存著的那張照片裏，下巴長著一道裂痕而非腳上 / 但魔鬼始終是魔鬼，絕不遜於 / 那黑衣男人 / 他把我那嬌紅的心咬開兩半。/ 我十歲時他們埋葬了你。/ 二十歲時我試圖一死了之 / 回到你那裏，回到，回到你那裏。/ 哪怕你只剩下一堆白骨。……如果我殺掉一人，即殺掉兩個——/ 也殺掉聲稱是你的吸血鬼 / 他吸飲著我的血已有一年，/ 是七年了，如果你真想知道。/ 爹哋，你現在可以重新身躺下了。」

通過描述死亡過渡到新生，是我在許多文學創作者身上看到的，但是像普拉斯一樣，血淋淋的把自己也作為儀式中的一件犧牲品，卻不多見。透過小說《鐘形罩》，以及〈女拉撒路〉和〈爹哋〉等詩作，普拉

斯向我們呈現了由死亡通向重生的過程，以及如何把個人的痛苦轉化為藝術作品。她的語言鏗鏘得像勾魂奪魄的呼號，讓讀者隨著她的文字走進她那個私密的世界，看著她受苦和受煎熬。

從普拉斯逝世前所寫的詩，我們看到她「更加肆無忌憚、流暢敏捷有如要阻斷即將到來的恐懼」，並且「將憤怒、難以平息的怨懟、對苦痛的極度敏感，轉化為一種慶典的儀式」。（《野蠻的上帝》）和父親逝世時一樣，她又再有一種被遺棄的感覺，第一次的被遺棄是在她八歲那年，父親的死亡讓她感到深深的孤寂；第二次她感到被遺棄，是二十歲那一年，她想要追隨父親的靈魂對她的糾纏而自殺，但幸而獲救；第三次感到被遺棄，是她與通姦的丈夫離異，她的自殺，是要殺掉她心中的魔鬼——父親和丈夫的重像。在她看來，只有殺掉父親／丈夫，她才能重生；才能找到她自己的生命——藝術的，詩的生命。

正如前面說過的，《鐘形罩》雖然描寫的是普拉斯二十歲時的自殺經歷，但同時它和普拉斯十後自殺身亡的故事有著不能分割的關係。《鐘形罩》由寫成到出版，是普拉斯人生陷入最低潮的時期，她因為詩

人丈夫休斯另有新歡而分開，獨自帶著年幼的女兒和強哺中的兒子生活。不過，那段時期也是她創作力最旺盛的，不少後來著名和廣受好評的詩作，都是在那個時候寫成。

流行小說與嚴肅文學

　　在二十一世紀的今天重讀普拉斯的小說，是一個很好的體驗。普拉斯自殺後，《鐘形罩》便立即成為暢銷書，出版商在第二版時就把作者名字改回普拉斯。不過，美國讀者要到一九七一年才等到美國版的出現。書出版後，批評家各有說法，不少「嚴肅」的批評家認為，小說寫得不怎麼樣，像一般的流行小說，只是因為作者自殺的傳奇故事，才讓小說熱起來。然而，隨著研究者日多，加上女權運動的興起，以及女性主義和文化研究等研究進路日益受到關注和重視，對《鐘形罩》已有很不同的評價。尤其是有關普拉斯的材料陸續出現，對研究《鐘形罩》更帶來許多新觀點。

自七十年代以來，有關普拉斯的研究陸續出現，傳記也出了好幾本，主要是因為在她一九六三年二月十一日自殺之後，新的資料不斷湧現，加上她自殺前沒留下遺言，因而她的所有作品的版權，都由對她不忠的丈夫休斯及其姊所擁有。而休斯在其後出版普拉斯的詩集和日記時，竟然作了許多刪削，甚至還宣稱普拉斯逝世前兩年最重要的日記已經銷毀或不見了，因此引來許多非議，再加上姊弟倆在對普拉斯的傳記作者諸多要求，使得有關普拉斯的研究也受到了阻撓。（據後來的研究者指出，休斯生前因為需要還債，而把普拉斯的手稿及材料都賣給了美國一家大學，有些被休斯刪掉或隱瞞的文字才得見天日。）

《鐘形罩》是否流行言情小說？它和女權和女性性義的興起有甚麼關係？它和文學批評的傳統和革新有哪些衝突？這都是值得研究的問題，因此，在二十一世紀的今天重新展開討論，便極富意義。

在受新批評傳統影響的六十年代，《鐘形罩》被人批評最多的是其藝術手法。他們認為，普拉斯的詩人觸角無是敏銳的，但小說寫得比較零碎，故事只是說一個女大學生在成長中的內心衝突和矛盾，說不上

是一部上乘的文學作品。有些比較刻薄的評論更說，《鐘形罩》的流行是作者用自殺換回來的。而有部份偏向於作品的文化和政治內涵的評論者，則認為《鐘形罩》在文化和政治上沒有提出甚麼深刻而又令人反思的見解，全篇小說不過是描寫年輕女大學生的苦悶。這些評論家都認為普拉斯的詩深具文學價值，但《鐘形罩》的成就卻及不上她的詩，而只是一部流行言情小説。

雖然毀譽參半，《鐘形罩》多年來仍然是大學校園的暢銷書。七一年在美國出版後，它曾連續高據《紐約時報》書評版的暢銷書榜達二十八週之久。然後，每隔一段時間，有關普拉斯新材料的消息出現時，例如新的詩選集和日記出版，新的傳記，或者新的資料解封等，都會使到《鐘形罩》這部描寫她自殺的自傳體小説成為話題，從而帶動銷量。

由於有關普拉斯的材料愈來愈多，今天的評論者看《鐘形罩》已跟六七十年代不一樣。首先，作者為甚麼一開始就講羅莎盧森堡夫婦坐電椅行死刑的事？其次，作者筆下的女大學生在當時五十年代美國生活和

文化中有甚麼意義？還有，小説的敘述技巧和人物的安排配置，有甚麼特殊的目的？

　　要解答第一個問題，我們必須回到時的社會背景。五十年代是麥卡錫的反共恐怖主義時期，也是冷戰氣氛籠罩知識界的時期，羅莎盧森堡夫婦就是因為是共產黨而被控叛國罪，最後被送上電椅。這種令人窒息的氣氛，普拉斯一開始就點了題：極權的控制，思想的不自由，生命的結束和新生都由這一段開始，並貫穿整個小説。

　　這樣的氣氛下，一個五十年代的知識女性如何自處？像電視廣告宣傳的女性形象一樣，做一個稱職的、善於相夫教子的家庭主婦？還是打碎這種美國夢，做一個獨立自主的女性？

　　普拉斯是在一九六一年開始寫作《鐘形罩》的，距離五十年代初期差不多十年，當時普拉斯已看了 D. H. 勞倫斯和吳爾芙的大部份作品，美國的塞林格（J. D. Salinger）也出版了《麥田守望者》（臺灣譯作《麥田補手》），一部描寫男性大學生青春期的矛盾、苦悶與徬徨的作品。

普拉斯的小說借鑒了這些作品，同時又把她自己的生活，以及對死亡與重生／復活的主題放進去。勞倫斯的小說以男女兩性關係反映的工業文明如何壓抑人的本能和欲望，並使人的生命能量枯竭，從而呈現出現代人的思想荒原；吳爾芙用小說衝破女性的牢籠，走出自己的房間；塞林格在《麥田守望者》中以青春期躁動展現美國社會眾生相的做法，都可以從普拉斯的《鐘形罩》中找到痕跡。

《鐘形罩》的敘述結構，也讓人想到陀斯妥耶夫斯基小說中的雙重人格（Double），以及人物之間對比與象徵。事實上，普拉斯的畢業論文正是研究陀斯妥耶夫斯基小說中的雙重人格，她把《鐘形罩》的女主人翁的雙重性格分配給兩三個人物，並不是出奇的事。在小說中，埃斯特的純潔和自困於傳統價值觀，對比於一同到紐約實習的女大學生多琳那種自由自在、放蕩不羈的生活方式，以及小說安排一個同學瓊恩的自縊以換取埃斯特的重生等等，都顯出作者處理人物的深意。

而「鐘形罩」這一意象，來自埃斯特在她男朋友巴迪就讀的醫學院

裏看到的、盛著死去的胎兒的鐘形玻璃瓶，都跟書中死亡和重生 / 復活的主題有關。「鐘形罩」還象徵著社會中被男性禁閉著，抑制著生長的女性姿態也是顯而易見的。

上述的評論角度，正反映了《鐘形罩》超越於一般的流行言情小說，這也是近年不少批評家對《鐘形罩》日益重視的原因。當然，正如前面提過的，愈來愈多普拉斯材料的公開和解封，對研究她寫作《鐘形罩》的動機和寫作手法有了更多的新發現，並豐富了閱讀這本小說的樂趣。

後記

重讀《鐘形罩》，也使我看到文學批評潮流的改變，如何影響人們對一篇作品的評價。上世紀四十至七十年代，新批評方法幾乎壟斷了整個文學批評話語，許多批評家只著眼於作品的「文學性」，而他們所說的「文學性」，只是一種語言和形式的遊戲，對以平實手法寫成的作品，連耐心看一下的功夫都不屑就被丟開。這種文評風，直至各種新的批評

知識——例如女性主義、後結構主義、後殖民主義，以及巴赫金的對話理論出現後，那些從前被忽視或被貶低的文學作品才重新受到重視。這種新批評話語霸權，目前在歐美國家已沒有市場，甚至已有不少評論家以批判的姿態，和以福柯知識考古學的方法重新審視新批評的謬誤。有機會我也希望把這些新觀點向香港讀者介紹。

引用書目｜《瓶中美人》，普拉斯著；郭寶蓮譯，麥田出版社，2013 年

圖片來源

福克納作家照

https://lithub.com/20-pieces-of-writing-advice-from-william-faulkner/

https://zh.wikipedia.org/zh-tw/%E5%A8%81%E5%BB%89%C2%B7%E7%A6%8F%E5%85%8B%E7%B4%8D

福克納著作書影

https://en.wikipedia.org/wiki/The_Sound_and_the_Fury

貝婁作家照

https://www.vanityfair.com/culture/2015/04/saul-bellow-biography-zachary-leader-martin-amis

貝婁著作書影

https://www.amazon.com/henderson-rain-king-saul-Bellow/dp/B003GJWNY8

加西亞・馬爾克斯作家照

https://elpais.com/elpais/2017/07/07/inenglish/1499428317_486118.html

https://www.smithsonianmag.com/smart-news/much-gabriel-garcia-marquezs-archives-are-now-available-online-180967530/

加西亞・馬爾克斯著作書影

https://www.penguin.com.au/books/the-autumn-of-the-patriarch-9780241968635

https://www.amazon.in/Hundred-Years-Solitude-International-Writers/dp/0140157514

https://www.amazon.co.uk/Love-Cholera-Gabriel-Garcia-Marquez/dp/0141032421

https://www.amazon.co.uk/Writes-Colonel-Gabriel-Garcia-Marquez/dp/0141032537

托妮・莫里森作家照

https://www.theforeignershome.com/toni-morrison

托妮・莫里森著作書影

https://lithub.com/75-covers-of-toni-morrisons-beloved-from-around-the-world/

大江健三郎作家照

http://www.cogito-kobo.net/OeKenzaburoTop.html

大江健三郎著作書影

http://www.cogito-kobo.net/OshaberiHondana/OeKenzaburo/
OeKenzaburoKojinTekinaTaiken.html

薩拉馬戈作家照

https://www.companhiadasletras.com.br/autor.php?codigo=00445

薩拉馬戈書影

http://lelivros.love/book/download-ensaio-sobre-a-cegueira-jose-saramago-em-epub-
mobi-e-pdf/

君特・格拉斯作家照

https://www.nytimes.com/2015/04/14/world/europe/gunter-grass-german-novelist-
dies-at-87.html

君特・格拉斯書影

https://www.amazon.com/Die-Blechtrommel-German-Gunter-Grass/dp/3423118210

庫切作家照

https://www.eldiario.es/caballodenietzsche/Nobel-JM-Coetzee-Capital-
Animal_6_531656852.html

庫切書影

https://www.theworks.co.uk/p/contemporary/disgrace/9780099289524

莫迪亞諾作家照

https://www.pinterest.com

莫迪亞諾書影

https://www.amazon.ca/RUE-BOUTIQUES-OBSCURES-PATRICK-MODIANO/
dp/2070373584

多麗絲・萊辛作家照

https://www.spectator.co.uk/2018/03/doris-lessing-from-champion-of-free-love-to-frump-with-a-bun/

多麗絲・萊辛書影

https://en.wikipedia.org/wiki/The_Golden_Notebook

門羅作家照

https://historyofliterature.com/115-the-genius-of-alice-munro/

門羅書影

https://en.wikipedia.org/wiki/Runaway_(book)

杜思妥耶夫斯作家照

https://fineartamerica.com/art/fyodor+dostoevsky

托斯妥耶夫斯基書影

https://azbyka.ru/fiction/idiot/

吳爾芙作家照

https://www.bbc.co.uk/programmes/b07npxx3

吳爾芙書影

https://en.wikipedia.org/wiki/To_the_Lighthouse

伊塔羅・卡爾維諾作家照

http://bookhaven.stanford.edu/tag/italo-calvino/

伊塔羅・卡爾維諾書影

https://www.pinterest.com/pin/538039486706414476/?lp=true

昆德拉作家照

http://thepunchmagazine.com/the-byword/non-fiction/on-milan-kundera-amp-039-s-art-of-the-novel-and-the-festival-of-insignificance-an-essay-in-seven-parts

昆德拉書影

https://books.google.com.hk/books/about/Life_Is_Elsewhere.html?id=Q4-KVB3OnskC&source=kp_cover&redir_esc=y

普拉斯作家照

https://www.jewishquarterly.org/2019/03/discovering-sylvia-plath-and-herr-enemy/

普拉斯書影

https://www.theliterarygiftcompany.com/products/the-bell-jar-poster

大師們的小說課

經典外國小說的讀法與寫法

Novel Writing Classes from Masters

馮偉才 著

本創文學 24

大師們的小說課
作　者：馮偉才

責任編輯　|　黎漢傑
文字校對　|　聶兆聰
設計排版　|　Kaceyellow
法律顧問　|　陳煦堂 律師

出　　版　|　初文出版社有限公司
電郵 manuscriptpublish@gmail.com

印　　刷　|　陽光（彩美）印刷公司

發　　行　|　香港聯合書刊物流有限公司
香港新界大埔汀麗路 36 號
中華商務印刷大廈 3 字樓
電話（852）2150-2100　傳真（852）2407-3062

臺灣總經銷 | 貿騰發賣股份有限公司
地址　新北市中和區中正路 880 號 14 樓
電話　886-2-82275988
傳真　886-2-82275989
網址　www.namode.com

版　　次　|　2019 年 8 月初版
國際書號　|　978-988-79918-2-3
定　　價　|　港幣 98 元　新臺幣 340 元

Published and printed in Hong Kong
香港印刷及出版　版權所有，翻版必究

香港藝術發展局
Hong Kong Arts Development Council 資助
香港藝術發展局全力支持藝術表達自由，
本計劃內容並不反映本局意見。

Saul Bellow

William Faulkner

John
Maxwe
Coetzee

大
江
健
三
郎

Günter
Wilhelm
Grass

Patrick

Fyodor Dostoevsky

Mi

José Saramago

Gabriel Garcia Marquez

Sylvia Plath

Toni Morrison

Italo Calvino

...liano

Virginia Woolf

Alice Munro

...ndera

Doris Lessing